十五顆小行星

探險、漂泊與自然的相遇

劉克襄 著

這種遠古的靈性之鳥，變成了你的導師。
你不只拋棄種種物質生活，連生活都變得很老鷹。

那樣的死亡心情，一點也沒有計較與遺憾，
反而有著逆來順受的平靜，準備接受自然的召喚。

啊！傷害土地的人，最大的悲哀是，
喪失了巫師的預知遠見，也喪失了山豬的靈敏。

阿嬤露出金牙的開懷笑容，讓我回想起那些老嫗老翁，
他們胼手胝足，默默守護既有的家園。

他們只是簡單地活著，有尊嚴地活著，
不會毫無保留地把家園闢為觀光勝地。

聽她這般凶悍地指責，我隱隱感覺，
老婦人可能對登山者積壓了很深的負面印象。

在這塊台灣最不安穩最惡質的環境，
有機家園的夢想早已默默地摸索與實踐。

這座小村彷彿仍停滯在清朝末年的時空，
其中百年前即落腳於山腹裡的草厝，最令我掛念。

自序：小行星絮語

「人生沒有意義。」

十七歲的孩子考完學測後，憂鬱地跟我和內人說。

「為何沒有意義？」我們關切地跟他溝通。

他提出一個要求，只要染頭髮即可。

去年他毫無預警地染過一次，後來還偷偷打了耳洞。這回總算事先通報。我們商量了一陣，建議他買安全的植物染劑，回家自己染，減輕身體的傷害。隔天，他便付諸行動，心情也頓時開朗起來，似乎又有一個新的開始。

好單純天真的生命呵！這是我在整理本書十五篇跟自然生死相關的手稿時，孩子跟我之間的一段生活插曲。也可能，就是全部。

嗯，真的，就是全部了。若仔細回想，從國中以後，孩子和我的交集愈來愈少，有時甚至只剩「我走了」、「我回來了」的招呼。

我們忙，他似乎也很忙。但忙到應對如此簡單，著實教人感傷。不免懷念起早年帶他奔跑野外，攀爬山林的快樂。原本希冀他在成長過程裡跟我一樣，生命不斷地被大自然所浸潤。怎知世界的天平，並非向我們這邊傾斜。他凝望世界的方式，跟我截然不同。

崇拜太宰治，睥睨學校課程。面對這樣的孩子，我是有些挫折的。內人安慰我說，「至少這次他願意跟我們討論，分享他的心情。」她的意思是，這個家還存在著牽引、依存的力量。

是嘛？我還是扼抑不住自己的狐疑，只好喃唸著，「等他高中畢業了，我們再像以前一樣，帶他到鄉野旅行，或者再攀爬高山吧！」

話說得這麼無奈，不免更加沮喪。最近打開抽屜，我的文具旁仍擺放著好幾冊他小時候畫的動物和地圖，看到這些他自製的圖畫書，不禁油然窩心。我們彷彿在同一個星系，一起運行。

十七歲的他現在可不一樣了，或許現在仍繼續環繞著我們，但也有了自己的軌道，正在快速運轉。而且很顯然，在這條自轉的路線上，可能是他人生離我們最遠的時候。

我們定定地亮著，他像一顆忽明忽暗的星球。

其實這般不安傷腦筋時，我們也常反省，會不會太過於急切了，總以自己的經驗衡量現世的價值。比如我和內人都是比較會讀書的學生，但從未想到，一個不太想讀書又很有叛逆想法的人，他是如何度過生命最懵懂的階段。這孩子的成長，莫非是我們生命的辯證？我們因他的時而疏離，反而看到了更多不同的人生風景。

好，再回到那句讓我們忐忑不安的話吧，人生沒有意義？

我們順著孩子的心意，讓他染髮解悶，但我們相信他的「人生沒有意義」還會持續不斷地發生，持續不滿足。或者還會有下一回的染髮，或者以其他方式尋找慰藉的出口。

人生的意義何在？

我肯定，十七歲是不會有答案的，二十七歲都很難。

而我突然也想起正在修潤的十五篇文章，那些傳奇的、漂泊的，或者探險的人物，還有更多名不見經傳的庶民。半甲子以來，在我的田野訪查和自然旅行的過程裡，他們以各種璀璨獨特的生活經驗，陸續闖進我的旅次，撞擊我的生命。

孩子是星球，他們也是，但明顯大不同。

回首自己的夜空裡，他們彷彿是地平線上，熠熠繁星裡最明亮的那幾顆。有的以剎那的美麗錯身，提示我漂泊流浪的奧義，有的則反以一輩子的清貧寂苦，向我從容灌頂。更有以壯烈果決之死亡，見證自己的存在。還有平凡度日者，靜默地追尋可能的永續家園。他們都具有單純而強韌的生活質地，熱情而努力地錘鍊自己，或者耗盡自己，把生命拉出深邃的美麗面向。

他們和我的孩子是不同的星球。色澤、明度、成分和質量都不同的小行星。

天文學家依小行星的軌道或光譜，把太空中的小行星歸納分類，有些類別較多，有些較少。在浩瀚無垠的宇宙中，目前人類已經發現了幾十萬顆的小行星。但也還有許多尚未發現，未被歸類的小行星。

我很喜歡這樣的小行星狀態和分類。人生似乎亦然，有些清楚了，也總有些還是混沌未明。即將付梓前，我仍不時試著抽剝這十五篇文章裡每個人物生命的核心本質，回味著他們和我生命間折射出的光影和波長。

前五篇集中於走山探險的悲喜與榮辱，帶來的生命撞擊，第六到第十篇是他人的成長和漂泊，如何了悟生命的智慧。最後五篇則是個人探尋至今，接觸自然家園的見識。或許，這是我的史詩。我的，很小的，一個人的伊利亞特到奧德賽，從探險、漂泊到返鄉。

至於我的孩子，應該還是尚未成形，還未歸類，或命名的。

十七歲時懷疑生命，這種困惑是可以理解的。但人生的意義從來都不是引言，更不是課堂上的是非題或申論題。人生的意義是後設的。我們用一輩子追逐，可能最後回首時，才會恍然明白。

這話孩子今天尚難受用，其他同歲數的年輕人恐怕亦然。我很幸運在自然觀察和探險的旅途裡，邂逅了這些人和事。感謝他們有意無意的跟我對話，引我驚詫，渡我省思。晚近更有機會埋首書寫，跟自己的青春懺示，獨留下這樣的小行星絮語。

人生不是沒有意義。人生有很多種可能。是過了以後，才知道。不是開始的疑惑，或一直停留在這個階段。而是小事的慢慢積累，堆疊出未來，同時形塑了自己的高度和亮度。

我也在努力變成這樣的小行星。

運行與相遇

★一九八〇年服役於海軍912號軍艦，在左營軍港邂逅老鷹。此後在蘇澳、基隆亦不斷記錄。

★一九八一年退伍，加入台中野鳥保育協會，經常旅行中部各溪流的中上游和河口，撰寫鳥類相關文章。

★一九八二年北上工作。九月抵關渡沼澤區，從事淡水河鳥類生態環境調查。十二月於沙崙海岸邂逅東方環頸鴴，日後寫出動物小說《風鳥皮諾查》。

★一九八四年參加了張致遠和張銘隆等人組成的探查隊，前往蘭嶼尋找恙蟲。怎知這二位友人，後來都前往珠峰探險。

★一九八六年經常走訪八德路台灣分館，鑽研於台灣自然志文獻的爬梳。開始認識諸多探險家、宣教士和博物學者，諸如郇和、馬偕、森丑之助和鹿野忠雄等人。

★一九九一年經常攀爬高山和古道，追尋百年前西方旅行家走過的路線。

★一九九二年起專注在住家後面的小綠山，進行三年低海拔環境自然觀察，嘗試成為一名博物學者。以自然志角度，報導黑面琵鷺在曾文溪口的故事。

★一九八〇年在日本NHK《絲綢之路》的節目裡，看到了彭加木的報導。特別透過返回香港工作的同學寫信給他。希望日後前往探險，卻不知彭加木已於五月時失蹤。

★一九八六年人間副刊同事王志明辭世，和胡德夫各帶了其一片小骨骸，奔赴台灣南北兩頭。二十多年後，才再相逢。

★一九八八年元月，陳抵帶（托泰布典）從花蓮壽豐鄉老家寫信給我。此後，我們斷續通信五、六年。

★一九八八年十二月，和一群鳥友，包括張巍薩，前往蘭陽溪河口賞鳥，那時我還不認識他。

★一九九〇年三毛和我通電話，相約去關渡觀看蘆葦，此事一直未成行。隔年元月三毛往生。

★一九九一年六月張巍薩和友人陳定昆在大陸罹難，方才認識這位勤奮不懈的賞鳥同志。

★一九九二年在誠品敦南店講演古道探查，遇見拾方方。未料兩年後，他成為台灣第二位珠峰的登頂者，卻未下山。

★一九九二年從沈振中寄給我的三封信，驚歎其觀察老鷹習性的驚人毅力，特別前往基隆外木山拜訪他。

★一九九五年起經常利用假日，在北台灣山區漫遊。日後攀爬之山徑、古道和自然步道多達三百多條。

★一九九八年追尋英國攝影家湯姆生的腳步，走訪荖濃溪上游的山區，不小心進入桃源鄉的高中部落。

★二〇〇一年五月起經常走訪平等里，在鵝尾山的水圳世界來去，並視此為陽明山山區森林風貌最為綺麗的環境。

★二〇〇四年鑽研各種失落的野菜和水果，走訪各地菜市場和果園，並素描各種物種插圖。

★二〇〇七年參與中埔山和小綠山等森林保育活動。

★二〇〇八年全台到處旅行，走訪有機家園和農夫市集。

★二〇〇八年五月走訪敦煌，彷彿才了然當年三毛邀約前往關渡之因。同時，遽然想起二十初歲時崇仰的探險家，彭加木。

★一九九三年春天，因為尋找某一稀有鳥種，在金山邂逅了大學剛畢業的姜博仁。沒想到，日後他竟成為尋找雲豹的研究者。

★一九九四年注意到森富美和森丑之助之間的父女關係。秋天時前往日本，在東京國會圖書館，試圖從各種相關史料發現可能的隻字片語。

★一九九九年元月時攀爬猴山岳，下山中途遇見林家草厝的三兄弟，正在梯田育作秧苗。此後斷續十年，經常走訪此一山區。

★一九九九年初，在阿里山旅行調查時，遇見紐西蘭人費爾·車諾夫斯基，正在尋找失蹤於此山區的孩子，魯本。

★二〇〇五年六月走訪桃源鄉高中部落，參觀塔羅流溪，聆聽八部合音。

★二〇〇六年六月，在台中公館搭乘客運，遇見了常年搭車，從伸港至台中販售海鮮的阿嬤。

★二〇〇八年八月沿平頂舊圳上行，欲往擎天崗，經過一石厝，撞見怪婆婆。

★二〇〇九年二月走訪老五民宿，驚見此一有機家園，坐落於飽受土石流威脅的環境。

隱逝於福爾摩沙山林

「Jody」，從你的留言，我第一次注意到江蕙的英文名字。

那是一九九九年初，冬末春初之交，你，費爾．車諾夫斯基，一名聽不懂國、台語的外國人，飄泊於阿里山山區時，不斷地聽到了，各地都在播放著她的閩南語歌曲。

我對照了歷年江蕙的歌唱作品，那時她正巧出版了《半醉半清醒》。在這張睽違兩年多的專輯裡，江蕙的唱腔首度融入生活況味，擺脫了傳統閩南語歌曲的苦情風格。你後來購買的想必就是這一張吧。

你就這樣反覆聆聽著江蕙的歌曲，壓抑著悲傷，一邊繼續在這個異國的偏遠森林，尋找你失蹤的孩子，魯本。雖然江蕙被譽為「台灣人最美的聲音」，但我從未想過她的歌曲竟能安撫一名異鄉者的失子之痛，而你似乎從第一回聽到時，就獲得了幽微的鼓舞力量，因而牢記著它了。

記得初次遇見你在奮起湖。那天我坐在月台上，正準備享用著名的火車便當。才打開熱騰騰的飯盒，遠遠地便瞧見一名高頭大馬的外國人，胸前掛著一個告示牌走來，乍看還以為是傳播福音的熱情信徒。我慌忙撇過身子，兀自吃著便當，根本未曾留心你的形容，或者在做什麼。

未幾，在祝山，我們有了第二次的碰面。一個寒冬五點初頭的清晨。很多遊客搭乘支線火車到來，瑟縮地端著熱食，擠在觀日台等待日出，你又在那兒悄然現身。

那天你依舊披著一頭亂髮，衣著簡單，蓄滿鬍鬚，胸前仍掛著那個醒目的告示牌。這時再見面我仍誤以為，大概只有狂熱的宣教士，或者摩門教徒，才會這麼勤勞，一大早到來吧。

等走近你細瞧，才赫然看見，那告示牌上，貼著失蹤已經近一年，魯本的大頭照。

你不斷地朝觀光客群走去，不斷地微笑著，以簡單的中文問候，「你好！」然後，展示紙板上的照片和英文，還有別人幫你寫的中文：

「你有沒有見過，這位紐西蘭金髮青年，他叫魯本。我是他的父親，從紐西蘭來……」

當我看到這些內容，一時尷尬不已，再想及去年年底，魯本的失蹤，旋即浮昇想幫忙又使不上力的無奈。

不知你在此多久了？是否每天都如此早起？日出之前，一名走江湖賣膏藥的王祿仔仙，一如過去持著一款藥品在兜售，但大概是受到你的感召吧，這回站在欄杆前，向群眾大喊時，居然講出這樣的內容：

「我手拿的是從那玉山東峰來的雪蓮，非常的珍貴。但今仔日我不想賣了。今仔日，我要特別跟恁介紹，頭前的這位金頭毛的阿都仔老伙仔。咱毋看他這樣子，好像耶穌一樣，他是真心真意來咱阿里山，找伊後生。今仔日我毋做生意了，你若有能力，在深山裡，找到一個金頭毛的年輕人，一定是阿都仔的囡仔。你若找得到，拜託你來找我，你不但會有獎金，我還會把我這些珍貴的藥財，全部送給你。」

你雖然聽不懂台語，但看到這位江湖台客如此賣力地宣傳，勢必了然他的熱忱。或許，無濟於事，但你仍投以感激的眼神。

我遇見你時，你在阿里山，大概已滯留一個多月了，沿著古老的阿里山鐵道旅行，從低海拔到高海拔的村鎮，一路上有許多當地人，都熱情地幫助你。相信這時，你已經非常熟悉江蕙的歌曲。你的留言如此敘述，你持續聆聽著這悲傷而甜美的歌聲。它滿溢著溫柔和感情，勝過任何你曾聽過的音樂，跨越了文化和音樂的界限，也跨越了語言的障礙，

賣膏藥的王祿仔仙請遊客幫忙尋找魯本。

給了你繼續的力量。

魯本是在一九九八年十一月中旬，隻身來台旅行的。據說他最早的旅行計畫是要到雪山，但是後來改變行程，前往阿里山。他想以徒步旅行，橫越某一條山路。

為何他會選擇台灣的山岳旅行呢？原來，在紐西蘭時，他就經常縱走山林。台灣山勢峪嶸，森林多樣豐美，相信魯本對這樣的地理環境，一定也充滿嚮往吧。

但十二月四日，你們發現，魯本走入森林之後音訊杳然，並未按約定返國。我們發動了數千人，搜遍了阿里山鄉山區，竟也找不到他的蹤影。

根據當地人陳述，魯本最後登記下榻的旅店，在沼平車站附近。後來有人見證，隔天他曾探詢前往眠月線的方向。很可能，他想循此一荒廢的鐵道下切山谷，走訪偏遠的豐山村，也可能是更北的溪頭。

登山健行最忌諱，獨自進入陌生的荒野山區，但有時一個人的流浪和放逐，更能體驗私我和自然的關係。這種辯證很兩難，危險的降臨跟心靈的發掘往往只一線之隔。不知二十三歲以前，魯本在紐西蘭是否也曾這樣和森林對話，獲得生命的啟發。台灣的教育裡，其實是很缺乏，也很排斥探險的。

從他選擇一個人，走進阿里山荒涼陌生的森林，這樣的勇氣和精神，想必是多年的習慣和養成。歐美年輕的自助旅行者，進入台灣的高山，獨來獨往者還真不少。我很好奇，這樣追尋自我的學習，父母和師長扮演著哪樣的角色。比如你，做為一個父親，又如何從旁給予意見或支持。

摒除自然教育這一環，從登山的經驗，魯本這趟最後的旅行，有兩個關鍵的因素，頗值得日後年輕的山行者參考。

從新聞報導的資訊，我很驚訝，魯本使用的竟是一本十幾年前出版的英文旅遊書，而非精密的登山路線圖。這種通俗的指南，登山地圖往往相當簡略，路徑亦畫得模糊。

熟悉此山區的人也深知，縱使擁有本地最翔實的地圖，山區的路線

不知魯本當時走進哪條阿里山森林鐵道？

恐怕還有待實際的驗證。若無嫻熟路徑的嚮導，很容易迷途。但魯本不知，信賴地按圖索驥。可能因而在山裡迷失，發生了意外。後來，你也對一些旅遊指南的誤導氣憤不已，直指道，「這本書害了我的兒子，這是一本壞書！」

再者，魯本既然來到阿里山，應該多探問一些訊息的。本地有經驗的登山嚮導，都會再三勸阻，別單獨前往。

我在祝山遇見你時，正埋首撰寫阿里山地區的旅遊指南。對這條鐵道支線還算熟悉。沿著它，在即將完成的登山地圖裡，我小心翼翼地畫出四條向左下切的山徑。過去的地圖只有兩條。

第一條是通往鄒族來吉村的縱走，要翻過惡靈之魂集聚的小塔山。第二條經過石夢谷到豐山，名字好聽，一般人卻不敢獨行。第三條係早年救國團縱走的傳統路線，中途有千人集聚的大石洞，原始而崎嶇難行。還有第四條叫溪阿縱走，早年更有成千上萬像我這年級的人，浪漫地走過。但賀伯颱風之後，山路就崩壞了。

這四條路，如今以我的登山認知，無疑是台灣中海拔山區最為凶險的地方。除了地圖畫得謹慎，我絲毫不敢掉以輕心，還加註了詳細的文字說明。只是，旅遊指南不會呈現作者的心情。魯本可能不知，台灣的旅遊指南很少翻新，更何況是地圖的資訊。他從地圖找到的山徑，從半甲子前迄今，就不曾再變更了。

就不知魯本走的是哪條路了？

在台期間，你還主動配合警方，到阿里山每一角落探尋，雖然語言不通，但還是挨家挨戶，向沿路的人比手畫腳。甚至親自上電視，向我的同胞求援。

後來，我又在奮起湖老街遇見你。你的穿著打扮仍是老樣子，遠遠地便清楚認出。其實，那時整個阿里山鄉的人都認識你，也對你充滿敬意。

這條老街就有賣江蕙的唱片，你是在這兒買的嗎？也不知那時，你是否聽懂歌詞了？「啊／心塊半醉半清醒／自己最明瞭」。或許，你根本不知道這是一首情歌呢！

按理台灣是個傷心地，你應該不會再回來的。但相隔一年，你再度出現於阿里山。原來，紐西蘭的台僑們透過報紙，了解你的情形，感動之餘，再集資五千美元，讓生活貧簡的你還有餘裕，再度回來尋找兒子。

這回你長時以豐山為家，彷彿自己也是地震的受難者，協助九二一大地震組合屋的重建，也跟當地村民結交深厚的友誼。同時，還走訪隔鄰的來吉，跟鄒族人研議，如何跟毛利人文化交流。你還拍攝了紀錄片，留下阿里山的美麗山水。一邊拍，一邊繼續跟失蹤的孩子對話，敘述這個魯本很想抵達的地方。

我在豐山旅行時，好幾位友人都提到，他們還帶你深入石夢谷，探尋一副無名的屍骨。儘管你也是登山好手，在這趟山行途中，也不免摔滑了好幾次。相信這樣的深入，你更能了解自己的孩子，走進阿里山森林時遇到的狀況。

魯本父親與協助他探查的豐山友人合照。
（簡天賞 提供）

你從未怨天尤人，責怪台灣的不是。你們的家庭教養和文化，讓你選擇了感恩和沉默。我想魯本在這樣的環境長大，勢必也跟你一樣，擁有對異國文化和山水的熱愛。要不，就不會隻身跑到台灣的偏遠山區。而你們又積極地鼓舞孩子，向遠方出發。

當你動身返鄉時，接受了報紙的訪問，我更明確地獲得了答案。當白目的記者問你，「請問這回來台尋找兒子，有何感想？」你誠摯地說，「我很欣慰，自己孩子的最後，是在台灣的山區結束。」

這句話是我聽過最動容的回答。當我們的年輕人，整天夢想著遠飛歐美時，我好想問魯本，到底是什麼樣的驅力，讓他不辭千里，來到一個比你們家園還小的島嶼，更願意冒險深入阿里山。如今我深信，你已經幫魯本回答了。

二○○二年你返回紐西蘭後，在購物網站上留言，希望有人能把這封感謝函，轉交給Jody。你還想當面感謝她，感謝她的歌聲，一個清楚的台灣印記，伴你度過生命裡最悲慟的一段時光，給你繼續尋找孩子的力量。

我不知道，後來江蕙是否收到這封信。收到信時，是否也知道，這個異國青年失蹤於台灣山區的深層意義。

但我很想告訴你，你回來隔年，江蕙又出版了《風吹的願望》。以前她的歌詞和曲風都以悲苦的戀情為主，這首和專輯同名的主打歌，曲風溫暖自在，還是她較少選唱的類型，或許你應該聽聽，同時知道歌詞的內容。

我總覺得，那好像在描述你和魯本的感情。比如：「你是一隻飛來飛去的風吹／親像鳥仔快樂隨風自由飛／你有時高／有時低／尚驚有一天無小心打斷線／伴到你飛過一山又一山／牽到你飛過一嶺又一嶺／有一天你會看遍／這個花花世界／甘是你放底心內的願望」

那段時間，我在阿里山旅行，想到你們父子跟台灣的情緣，暗自發心，決定把這段邂逅的感觸寫下。如今時隔多年，或許江蕙小姐也該知道這段往事吧！

當年尋找魯本的布告在阿里山鄉四處可見。（簡天賞 提供）

2009年
七頂峰攀登隊
江秀貞等人大至
馬考禮、石禎
都走第二台階
路線
1994年
拾禎登頂
大致路線
江秀貞第一回
登頂亦循此路
中國珠峰基地營
N
珠峯登頂簡意圖

成為珠峰的一部分

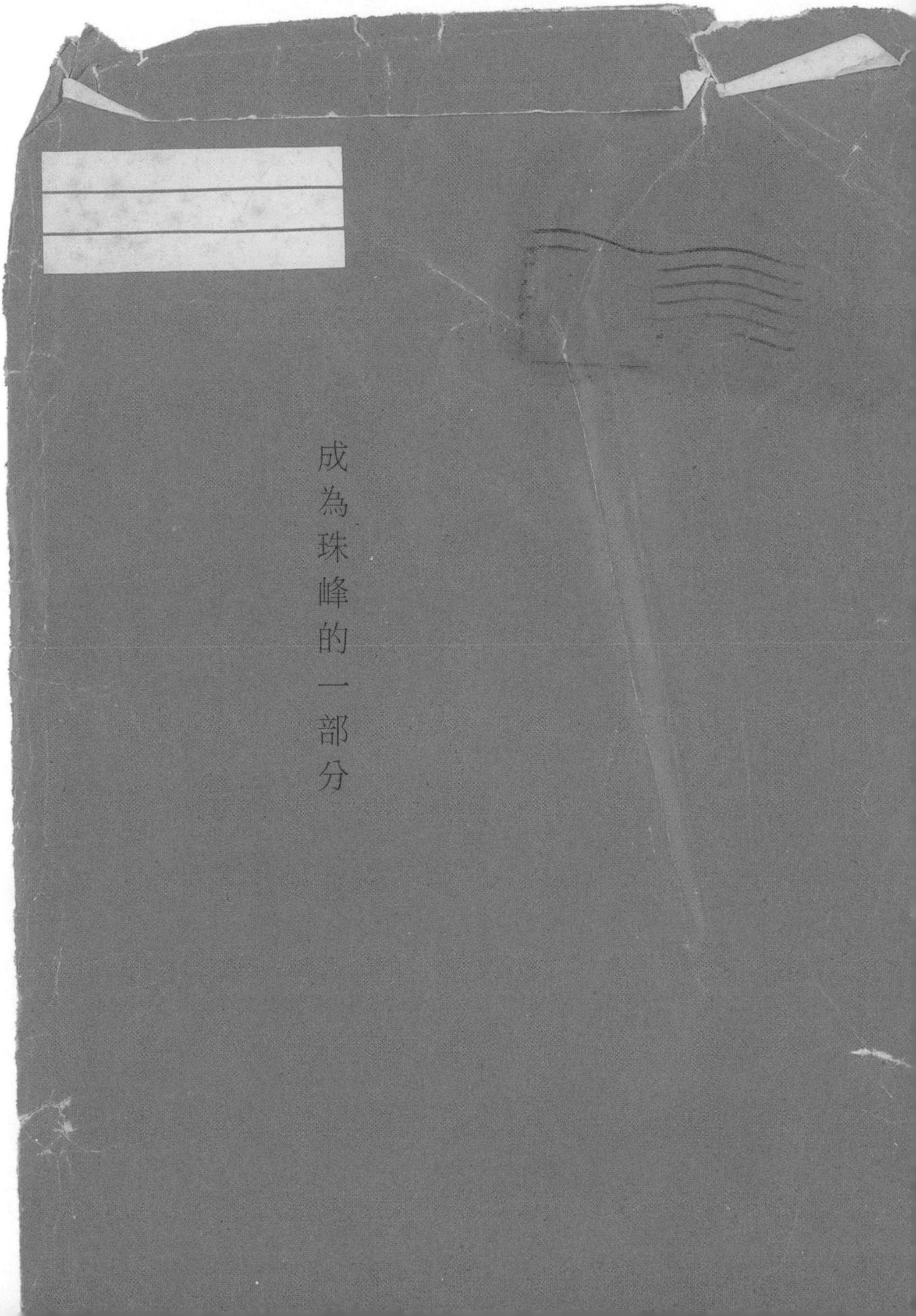

「他奶奶的，鳥人，老子都快掛了，你現在才來看我！」

跟隨小說家王幼華進入客廳，沒多久，老大高亢的喊叫聲，如連珠砲般，從二樓激奮地傳下來。二十多年未見面了，他的脾氣未改，仍以貫常的粗俗話語，做為見面的開場白。

我放慢腳步上樓。他因為常年喝酒，加上醫師用藥不當，導致行動不便。叨唸完後，放盡力氣了，正軟癱在坐椅上。眼前這位體力羸弱的中年人，連走下頭份老家一樓，跟我見面，明顯都有些困難。很難想像，上個世紀末，卻是最早帶領純本土登山隊伍，攀越珠穆朗瑪峰的血性漢子。

一九八四年冬天，我因暫時失業，參加了一樁蘭嶼的探險，領隊者就是老大。那次的計畫，大抵循蘭嶼北方的一條乾溝，往上攀登。再沿紅頭山稜線，輾轉繞至天池。我們試圖了解隱密的林子裡，是否真如傳說，棲息了許多恙蟲。那回調查結果，一隻也不曾碰著。此一早年的謠言，正如過去有一傳說，日本人在台灣釋放過許多毒蛇般的，都是以訛傳訛。

那是我們唯一一回的偕伴探險。殊不知，一回的登山兄弟，氣味對了，就是一輩子的情誼。我跟老大一直保持信件和電話的往來，理想信念無所不聊，無事不談。

只有一件事，一九九四年那回，攀登世界高峰的遠征，我隱忍、困惑了十多年，希望當面向他求證。去年仲夏，遂有此登門造訪之行。

滿嘴酒氣沖天的老大，繼續有氣無力地陷在坐椅。臉頰和手腳極度削瘦，缺乏光澤的肌膚更因長期服藥，加上喝酒，像壁癌般積累了淤滯的暗黑斑痕。唯有一對眼神炯然發亮，喜孜孜地望著我這位多年不見的老兄弟。

「你認識拾方方嗎？」甫坐定，我開口第一句便如此直接。

我才問完，他馬上激動地髒話再飆出，「他奶奶的，我怎麼會不認識他。」

回話甫落，一聲慨嘆，隨手就持起旁邊早已開封的高粱酒。斟滿一杯後，囫圇一口，獨自縱飲而盡。只見他繼續酒言酒語，激越地嚷聲，「他奶奶的，他一定一開始就下定決心，無論如何都要登頂。他根本就不想活。他老頭領走一千五百萬保險金，全球登山界最高額。」

「你認識那一次的領隊張瑞恭嗎？」我不禁好奇地再追問。

「廢話，我行不改名，坐不改姓。」他以手指對著自己激動地說，「我從小本名就是張瑞恭，張致遠卻是我用了四十年的筆名，路人皆知。」

他這一說，十多年來隱忍的困惑頓時都有了解答。當時，我一直困惑著，為何一支地方社團的登山探險組織，苗栗頭份登山隊，如何敢貿然前往世界最高峰。老大跟這支地方探險隊淵源深厚，為何不在隊員裡面。殊不知，他前往珠穆朗瑪峰時，並非用在台灣登山時的筆名。因為搭飛機或進出海關，必須使用本名。

那一年，一九九四年五月，我從《民生報》讀到的便是這支來自台灣的登山隊伍，攀登珠穆朗瑪峰的新聞。登山隊員拾方方自東北稜攻頂，在登頂後，下山時無法安全下山。關於遠征隊的成員，新聞只簡短提到，領隊叫張瑞恭。

當年在蘭嶼森林探查時，老大（右一）和我（左一）都還是懷抱夢想的青年。

我跟老大、拾方方各有一段緣分。

九〇年代初時，有一回，我在台北誠品敦南店，敘述自己在台灣古道的探險。講演結束後，有名年輕人過來聊天。他的長相平實憨厚，身形也尋常，故而容貌如何，早已不復記憶。但他留下了一句話，令人印象深刻，「劉老師，台灣的山該進行的探險形式，前面的人都走過了，還有什麼可以完成的？」

那時胡榮華還騎著藍駝環繞地球，我隨即以他為例，「胡榮華以前總是在山區孤獨地攀登，不知前往何方。等爬了一陣，領悟通透了，才奔向世界！你或許可以他做為借鏡。」

啊！不知道那句話是否有影響他，導致他產生海外登山的夢想。但我日後最清楚的回憶，應該是他留下聯絡的名字：「拾方方。」

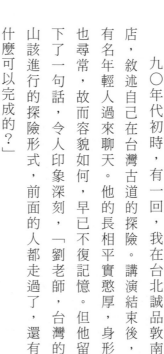

我和老大的緣分更早，可追溯自一九八四年冬天的蘭嶼南北縱走。那時老大才帶領頭份登山隊的成員，以破紀錄的四十二天，完成不補給的中央山脈大縱走。縱走結束後，他繼續帶領老班底張勝二、賴永貴，還有機靈的土狗海烙，再結合張銘隆等探險企圖心甚為強烈的山友，啟程前往蘭嶼。

有一晚，在野地露宿時，七個人聊到了台灣登山探險的過去和未來。不知是誰先提到珠穆朗瑪峰，彼此間還在開玩笑，以台灣的登山見識，中國大陸又非邦交國，怎麼可能攀登世界高峰？話雖如此，但一支小小的台灣登山探險隊伍，在這小島已悄然萌生如何攀登世界最高峰的可能。我猜想，同樣的雄心壯志，當時在台灣各地的山區，在許多攀爬多年的山友胸臆裡，恐怕也都有相似的一絲火苗點燃著。

還記得蘭嶼歸返後，我去張銘隆的登山小舖造訪。喜愛探險者，家裡總像貨櫃倉，堆置著各種探險和登山的器具。自己則彷彿隨時要離開，荒野才是他的家。張銘隆是我認為最充滿人文氣質的探險者，但其住家亦是此等風景，儼然如機場的驛站。

那次，我還特別問他，「接下來還有什麼探險計畫？」

他若有所思，似乎對台灣的山行有些疲憊，又講不出什麼，隨口喃唸道，「可能會去一家報紙當戶外記者。等賺些錢，再到外頭走走吧！」

雖無特別嚴謹的目標，那前往世界最高峰的星星之火終於燎原。一九九三年，他果真成為珠穆朗瑪峰遠征隊的隊長。隊員吳錦雄，在大陸遠征隊的協力幫忙下，成為台灣第一位的登頂者。此一成功，遂帶起了一波又一波台灣人邁向世界高峰的熱潮。沒多久，老大也積極地招兵買馬，希望自籌一支全然本土的登山隊伍。

老大大張旗鼓籌組的這支遠征隊，透過媒體的宣傳，吸引了諸多年輕登山好手的嚮往，紛紛前去報名。拾方方是測試後少數錄取的隊員。當時大家約略知道，學生時代他就讀淡水專校觀光科，求學期間努力半工半讀。畢業後，在一家旅行社工作，待遇頗為優渥。

豈知，沒多久，他便離職，獨自跑到桃園一家鐵工廠上班。藉著艱辛的勞動，以兩年的時間鍛鍊心志。平常所賺取的錢，後來都投入購買登山裝備，同時考取多項登山方面的嚮導執照。偶有空閒，還會跑去聆聽相關的山行講演，包括我那場。

拾方方並未清楚告訴家人，即將前往珠峰攀登的計畫。一九九四年春初，花蓮鳳林老家的雙親，接到他從機場委託旅行社寄回的家書，才恍然明白，他平時鍛鍊體力的目的，竟是為攀登世界第一高峰。那時家人也才理解，有天他為何回老家急欲借錢，原來是為了補足前往珠峰的款項，但為其父親拒絕。

五月八日，儘管攻頂前夕天氣猶晴朗，八千公尺的高地可是地球上最不適合人類存活的環境。從基地營出發後，接連數日，二十七歲的拾方方，跟隊友一路艱難地緩步。除了得克服接踵而至的頭痛、失眠、噁心、食不下嚥等生理狀況。一方面，還得面對更嚴峻的，外在的酷寒、低溫、強風和空氣稀薄等險絕環境的考驗。最後，攻頂的隊友或體力不繼，或生理狀況無法負荷，在不同的高度紛紛放棄，唯有他奇蹟似地獨登山頭，成為台灣第二位登上珠峰的山友。

為何只有他一人，並無雪巴在旁幫助呢？整個事情的關鍵即在此，原來，這段艱險的攻頂過程中，老大在指揮營幾度以無線電通話，告知天氣即將轉壞，建議他放棄，快點下山。唯拾方方並不接受指令，堅持繼續上爬。

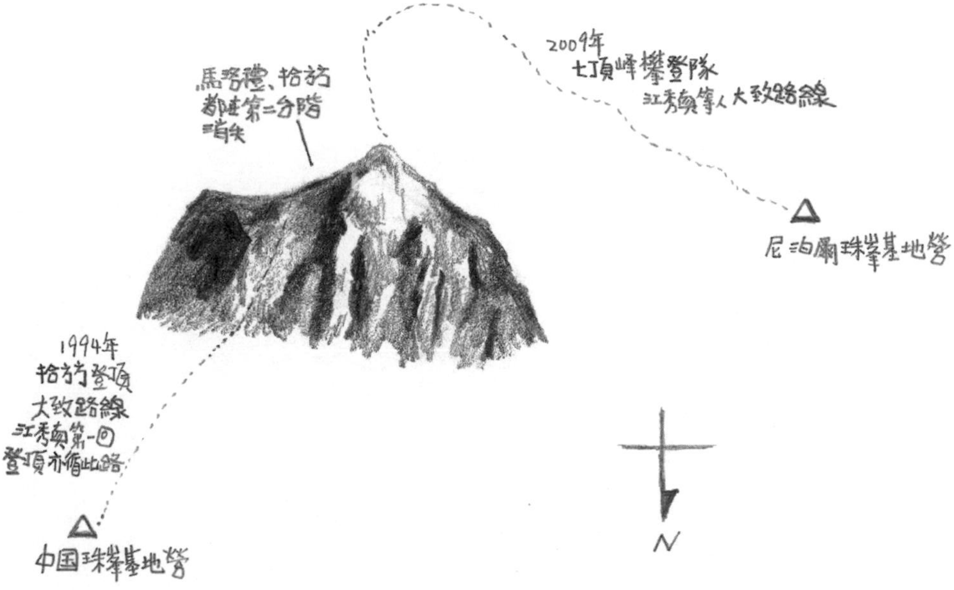
2009年
七頂峰攀登隊
江秀真等人大致路線
馬洛禮、拾荒
都在第二台階
消失
尼泊爾珠峯基地營
1994年
拾荒登頂
大致路線
江秀真第一回
登頂亦循此路
中国珠峯基地營
N

珠峯登頂簡竟圖

他不接受下撤命令，隊友也只能透過無線電默默祝福他。沒多久，隊友接到了他通報登頂的消息。當時還引發一陣振奮。遠征隊的聯絡官楊世濤，保存著一張紙條，上面清楚寫著：「五月八日時十七點十八分，拾方方登頂，正在下撤，預計十五日撤營。」

但楊世濤預期的十五日內容並未實現。拾方方在下山時，果然撞見了隊友擔心的暴風雪。老大清楚記得，拾方方最後通聯時，已在第二台階，還未找到下山的路標。他們在營地憂心地等待，只見一陣濃雲大雪飄過珠峰，遮住了山頭。老大從望遠鏡遠眺，眼睜睜地看著拾方方，消失在這團濃厚的風雪裡。消失在英國著名探險家馬洛禮，和其隊友厄文當年消失的位置。

以前攀登珠峰的隊伍，若從東北稜攻頂，到達最後的攻擊營地，首要任務都會檢視第二台階的梯子是否穩定，或者需要加固繩索。第二台階也被戲稱為天國之門，離頂峰已近，海拔落差不及三百公尺。為了登上世界頂峰，全世界最勇於登山的人類，都得抓準可以上山的晴朗時刻，通過此地。

一般人卻難以想像，五月時，正值珠峰登頂的熱潮，有時這兒會堆擠著來自世界各地的山友。時間一分一秒寶貴地流失，他們卻得無奈地排隊，只為了通過這道前往頂峰必經的狹小金屬階梯。我們或可想像，那種可悲而荒謬，又教人害怕的畫面。

怎知下山時，更加恐怖。第二台階是一處完全垂直的船頭狀頁岩。從上面難以望見下方，尋找梯子更加困難。通向第二台階的路線稍一偏差，就會有著難以想像的可怕後果。拾方方可能在此未找到台階，無法循來時路下山，不幸地成為台灣首位攀登珠峰的遇難者。

我們永遠無法知道，罹難前刻，拾方方到底在想什麼？會不會恐懼？

拾方方的殉難卻帶出成王敗寇的責難，苗栗頭份登山隊的珠峰計畫，日後常被岳界人士檢討，甚而被視為一次失敗的遠征，招來義和團之譏。

後來我常想，假若拾方方成功歸來，又會是何種結果？老大是否會成為登山界推崇的人物，不必壯年時便常藉酒澆愁？當年政府各級單位未補助，企業廠商贊助有限，隊長和領隊必須分頭募款、貸款，舉債出國門。這種土法煉鋼式的登山，會不會也是一種台灣奇蹟，被誇耀為某一國際級的境界？

台灣珠峰遠征隊大合照，左前一為拾方方。
（張致遠 提供，1994）

如今事過境遷，或許連山友都淡忘了這件事，淡忘了拾方方。但一個年代過後，登頂前他在日記裡留下的一段話，繼續在少數山友的部落格裡流傳。有一回，我意外讀到，不禁大為吃驚。面對世界首峰的孤絕心境，一個人縱使沒有文采，每一段發自內心的話，還是教人震懾而動容。我一邊讀著，一邊感嘆低迴，再度憶起，這位年輕山友當時大眼盯我，渴望著得知未來目標的堅毅表情：

「對我自己，我是想在有生命之年，成就自己的心願。登山是我不能放棄的，我也深深了解自然力量的偉大，深具完美、創造與毀滅性。我更不能去掌握我是否能在這次的遠征活動中活著回來。……因為我追求的與別人不同，那就不可用相同的角度與看法衡量，譚嗣同說：『做大事的人不是大成就是大敗。』就算大敗，我也不後悔。」

——摘自拾方方，一九九四年二月二十五日的日記看到奇山險嶺佇立著，愛山的人都會興起前往那兒，進行某一型式對話的慾望。我可以充分體會拾方方面對珠峰時，執著的是什麼理想，希望追求的又是什麼情境。還有那面對野外，如何超越自己、克服懦弱，一股不畏死亡的挑戰精神。

以前跟老大爬山，我也感受到這種對山的癡迷，心境的狂野和不羈。像他們這樣的岳人，一生在城市可能都抑鬱不得志，可能都是厭惡主流社會的漂泊者。唯有回到山林，寄託山林的雄偉，他們才能壯大那不為人知曉的一面。

拾方方罹難之前，珠峰已遺留下一百五十五具登山者的屍體。同年，也有五位老外登頂時命喪於此。

拾方方沒有下山，隊員哀痛之餘，在基地營附近以石塊築了衣冠塚。如今拾方方還有一尊紀念銅像，默默地佇立在花蓮老家附近的一處農場，甚少人聞問。

繼上個年代中旬珠峰的登山風潮，二〇〇九年五月的台灣珠峰遠征亦有兩隊，無疑是台灣登山史的第二波。台灣山友帶著更成熟的心智前往，草莽時代的第一波早已不再。

一九九五年台灣首位攀登珠峰的女性江秀真，在這回的第二次遠征前，跟我有幾封短信往來。綽號江仔的她，曾在基地營邂逅拾方方的衣冠塚，特別向其致意，後來寄照片給我。畫面是很簡單的一塊石碑，碑石上有他的名字。此塚即當年一起前往的隊友們幫他立的。

這回江仔臨行前，我還請託她，重返珠峰時，幫我再祭悼拾方方，追念這位只有一面之緣的殉山者。其實，那陣子我和江仔短短通信裡，主要也都繞著拾方方與她，以及上個年代台灣珠峰遠征的往事。

江仔在通信裡亦告知，她原本是要參加拾方方的這支隊伍，但時間上過於倉促，繳了費用，卻沒有參加特別訓練，再加上工作單位辭職不了，難以成行。隔年才有機會，參加了中華山協的珠峰遠征隊集訓，進而成為第一位登頂的台灣女性。

她如何看待前一年拾方方的登頂呢？我特別冒昧地向其請教自己多年的疑惑。江仔客氣地以個人經驗告知，撇開天氣環境因素，拾方方是台灣從事海外遠征尚未成熟下的一位犧牲者。在信裡，她如此謙虛地描述，「二十四歲登上聖母峰的自己，其實是百分之九十九點九，擁有了好運氣。拾方方的消失一直是我們的借鏡。」

雖然談的是珠峰，其實江秀真充滿了對台灣登山的深刻反思。過去台灣的登山文化，經常處於爭先恐後的狀態，譬如早年多人以收集百岳為榮。吳錦雄珠峰登頂成功後，台灣更掀起一股登珠峰的熱潮。

我們把在台灣的登山陋習，繼續延伸到珠峰去。殊不知，當時台灣與國際的登山接觸，或是資訊的獲得都相當貧乏。再者，海外遠征與台灣登山的模式和準備，其實也大不相同，但我們習焉不察，繼續用台灣的登山方法，前往海外遠征。

海拔八千公尺的空間，其危險性之高，或許像人間的魔戒，很難去取捨或抉擇。拾方方的抗命登頂，儼然是選擇了套戴。但江仔顯然磨鍊出更成熟的心智，而不只是幸運。

從二十四歲到三十八歲，江仔有許多的感觸與心得。大抵是經過這幾年艱困的山行才逐漸明瞭。多年來在海外登山探險，或單獨面對生死存亡的過程，讓她在未來的山行日子裡，變得更有勇氣和智慧。

世界上很多國家的文化和習性，喜愛把登頂珠峰與國運、政治強盛扯在一起。從江仔的信和拾方方的留言，我相信他們都會認同，登山其實沒有什麼偉大的意義，不過是挑戰自我，一項尋找自我滿足的運動罷了。

珠峰登頂迄今仍然是一項高難度的運動，但它真的已經不像以前那樣重要了。或許，它愈來愈有醫療研究或環保科學的諸多意義。但登頂不應該再背負國家族群的榮光。它只屬於個人，登不登頂，都是個人的小事。成功或失敗，都是一己生命的精彩，沒有其他。

拾方方的功敗垂成，老大為此自責，鬱卒了十多年，日夜藉酒澆熄心中的壘塊。對一個以山為家的漢子，還有什麼比此更加遺憾的？

那天造訪老大回來，日後尋思，我難免慨嘆，當年登頂殉山的不只一位。以前登珠峰，基地營流行一句話，一人登頂代表整個團隊也跟著成功了，藉此勸勉登山團隊隊員間的合作無間，不分彼此。

但若一人失敗了呢？拾方方的未歸，我隱然感覺，老大那時也沒回來。一九八四年我所認識的老大，跟拾方方一樣，靈魂仍舊殘留在那裡。

當年一起登山的隊員在珠穆朗瑪峰基地營附近為拾方方築了衣冠塚。(張致遠 提供，1994)

張致遠學生時代曾經擔任東吳橄欖球隊隊長四年。
（張致遠 提供）

但拾方方的登頂未歸，抑或老大的扼腕，今日再回顧，對我而言，愈來愈是一種成功了。就像當年馬洛禮與厄文冒險登上第二台階，最後不知去向。到底他們有無登上珠峰，是否下山時在第二台階迷路，都留下一團迷霧。這樣悲劇死亡所衍生的生命意義，我或許更加珍視。

拾方方用他的死，讓台灣後來前往珠峰的山友，萌生寶貴的教訓。從其日記的最後遺言，我們清楚知曉，拾方方不是不信邪，而是他決心以自己的肉體，印證登山屢見的死亡模式。

登頂後，眼看成功了，才愕然出事，這樣的「大敗」，更讓後人擁有多面向的思考空間。將來會有不少台灣人攀上珠峰，但拾方方這樣一意孤行的成功，這樣決然而必然的失敗，恐怕不會再發生了。

那次的遠征並沒有輸贏。這支地方探險隊以一個人的殉山，證明了這座山更具人性的一面，更遙遙映

海拔八千公尺的空間，宛如人間的魔戒，拾方方
選擇了套戴。（江秀真 提供，1995）

照著，台灣某一段登山歷史的浪漫傳奇。

我如此緬懷拾方方，想必老大也常回顧這段無奈的往事吧。但十幾年過去，上個世紀的珠峰之行，應該可以畫下句點。他也該從珠峰回來，該戒酒了。

附記

★ 根據拾方方淡水工商時期登山夥伴黃義雄告知，他在學校時用的名字為石方芳（1967.2.5~1994.5.15）。

★ 馬洛禮（George H. L. Mallory，1886～1924）英國著名登山探險家。一九二一和一九二二兩年，曾參加英國聖母峰遠征隊，但都失敗而返。一九二四年他再次參加。六月八日攻頂日，他和隊友厄文爬到海拔約八千六百公尺的第二台階時，還被觀望到，但之後二人就蹤影成謎。直到七十五年後，一九九九年五月，其遺體才在珠峰斜坡上尋獲。他們極可能是史上最先抵達第一高峰峰頂的人。登山史上最有名的一句名言，「因為山在那裡。」就是馬洛禮第三次攀爬珠峰前，記者訪問他，「為何要去爬山？」他率性地回答。

No.

我的同學石方芳

二〇〇九年六月五日

黃義雄

劉老師

您好！在歐都納七頂峰登山隊攀登珠穆朗瑪登頂前夕，您發表了〈成為珠峰的一部分〉緬懷拾方方一文，讀來感觸良多，同時也把我拉回十幾年前聖稜線縱走大霸登頂前，大雪封山的那一夜！

方芳，是我淡水專科的同班同學，也是我登山最好的搭檔，專二雪山一行，我們便明白這一輩子。我們再也離不開山。自此每逢假日或逢年過節，山成為我們唯一駐足的地方！方芳，爬山速度很快，方向感很好，而我對天氣的變化很敏感，路線行程的掌控很細心。因此，只要是高難度或愈少人走的路線就是我們的目標。

大霸登頂前一天，那是隆冬艷陽高照的好日子，塔克金溪溪水就在我們腳下流淌，我們知道大霸就在不遠處，或許是太大意的緣故，致使錯過了往大霸的叉口，更要命的是，我們下切到溪底！當發現走錯路時已近傍晚，我們回頭努力尋找正確路線，卻發現天氣劇烈轉變，下起了雪，鵝毛大雪，幸好裝備準備得齊全，我們幸運度過一晚，第二天大雪依舊，我們切回大霸的路線，在茫茫大雪中，我們看見大霸那筆直的鐵梯，還有望不到盡頭的霸頂，登頂？回得來嗎？方芳說，不要忘記我們來的目的，我們一定可以做到。於是，我們上去了，成功地站在霸頂，我們約定有天我們也要站在珠穆朗瑪的峰頂，不管要付出多大的代價！

方芳做到了！當一位真正愛山的勇者，面對大山的神聖與大自然的偉大，早已沒有生死、成功、失敗、毀譽的分別，當下唯一能做的，就是成為珠峰的一部分！謝謝老師為一位真正的勇者寫這一篇文章，我相信成敗不足以論英雄，沒有人有資格為這一段，為一位勇者下定論，除非我們真正面臨生死，面臨大自然嚴格的考驗，真正站在大霸尖下，站在珠穆朗瑪峯下……

托泰布典的願望

請原諒我，在你辭世多年後，才寫下這封永遠寄不出去的信。

前幾天，我又騎單車經過平和車站。這座緊鄰阿美族光榮社區的小車站，位於鯉魚山南麓，已經很少人知道，也無人管理了。每天早晚，只有兩三班平快車停靠，方便一些通勤的學生搭乘。

聽說年輕時，你常捨壽豐，在此就近搭火車前往花蓮，迎接遠方的友人。這座小車站開始營運的年代，和你邂逅鹿野忠雄的時間接近，都在三〇年代初，不知你們是否曾從這兒出發過，前往預計探險的山區？

那天我也再度經過你家門口。這回不再貿然敲門了，只從鐵欄柵門安靜地遠眺。不知你的女兒陳秀娘是否仍住在裡面？去年冬初前來拜訪，她捧出你生前最滿意的裝扮照片。我終於來見你了，阿美族長老陳抵帶，三〇年代的托泰布典。向你這方尊貴的遺容參拜後，我已經了無遺憾，不好意思再進去叨擾。

雖說心願已了，我的胸臆間，仍有一絲說不出的牽掛，那是二十年前通信往返時，尚未問明的心志。在東華大學旅居這段時日，經常不由自主地抽空前來，徜徉在這塊你熟悉的環境。我愈來愈清楚，只

托泰布典談及鹿野忠雄總是神采煥發。（楊南郡 提供）

有走進你晚年生活的田園，才能更加深刻地感覺你的存在，你的族群意識，進而去忖度你遇見鹿野忠雄時，那是何等的青春榮光。

在你的住家周遭，我時而停駐下來，觀看旱田裡經濟價值日漸增高的諾麗果，或者檢視菜畦裡，恣意攀爬的翼豆和山苦瓜等野菜。又或是，眺望一棵棵黑硬堅挺的麵包樹，還有孤瘦的檳榔，繼續在此廣泛地栽種著。

這些風景總是恬靜地，如百年前鄉野的荒疏。在安靜的暮光裡，我這般感傷地追憶著。一些過往的書信內容，悄然如雲絮從天邊飄移進來，浮游過腦海。連我恣意想像的，你走過此地的青春身影，竟也在此時掠現心頭。

誠如你所言，自己很幸運，還能在壽豐老家安然度過餘生，但一路扶持你的鹿野忠雄，繼續在婆羅洲的黑暗雨林裡跋涉，不知下落。從一九三三年春末在台東邂逅，你們的台灣行腳，就是一起偕行的美好歲月，從都蘭山、南湖大山以迄雪山。你很用力地自責，「托泰布典就是應該繼續跟他一起的，在那兒在太平洋戰爭末年，一起消失。」

這輩子，我從未想過你會寫信給我。你大概也未曾預料，一甲子後，竟有人冒失地想以在地的視野，追探鹿野忠雄的生平，重新檢定外來者在台旅居的意義。

年輕時，我翻讀鹿野所遺留的自然科學報告，還有山行札記，總隱隱感覺，他提到的原住民夥伴，恐怕都已作古，或早就在戰爭時罹難，化為森林的塵埃了。沒想到你彷彿台灣的最後一隻雲豹，仍殘存在隱密的原始森林，為那個蠻陌踏查的時代，做了走過的見證。

一九八八年初，忽地接到你寄給我的信時，才讀不過兩行，雙手即微微顫抖起來。你一開頭即對我這位陌生的副刊編輯致敬，感謝在《自立早報》創刊時，願意大篇幅地以新視角介紹台灣的探險人物。當然，最重要的便是介紹了這位神祕失蹤多年的日本人，以及他的高山行文。你萬分感謝，我再度讓台灣人知道這位傳奇人物的存在。

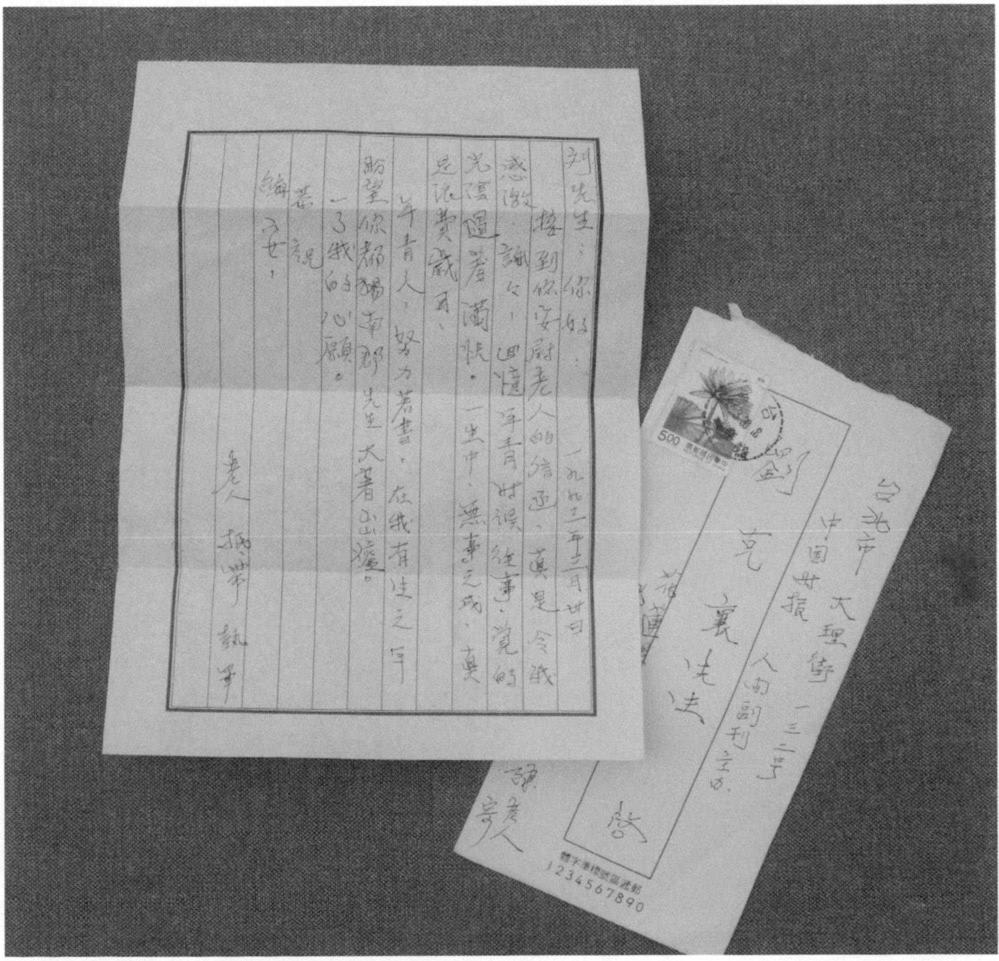

托泰布典伴隨鹿野忠雄縱橫台灣山林多年，也寫得一手好字。

在信裡，你謙虛地介紹自己，乃當年鹿野忠雄的原住民嚮導，歡迎有空前往壽豐的老家走訪。能夠和你連繫已是我天大的福氣，你還紆尊降貴，願意與我這位不經世事的年輕人結交為朋友，實乃我畢生的榮幸。

從此我們成為素未謀面，年歲相差四十多的忘年之交。你以半生不熟的中文夾雜日文，斷續跟我書信往返，敘述了鹿野的一些過往。好些我始終不解的，這位探險前輩的生命轉折，透過你的回憶，似乎有了眉目。

一九二一年，鹿野忠雄十五歲，在東京就讀一所中學，昆蟲學者江崎悌山帶著從台灣捕捉回去的昆蟲，展示給許多愛好者觀賞。那天前去拜會的鹿野，到底看到了何種昆蟲，具有這麼致命的吸引力，讓他興起前來台灣的決心呢？我始終有至深的好奇。透過你的回函才知，很可能是台灣長臂金龜！

就讀台北高等學校時的鹿野忠雄。

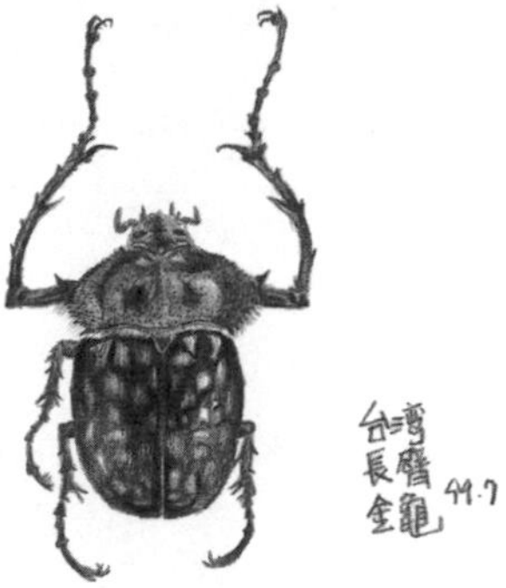

那是有一回山行半途，在歇息閒聊時，他依稀跟你提過的。呵！這種身形接近拳頭大，雄蟲前足長達六公分的金龜子！深黑色的翅鞘布滿茶褐色斑點，潛藏著神祕而暗綠的金屬光澤，總是強烈地閃爍著。縱使再細緻的畫工，都難以彩繪原貌。

日本雖有獨角仙，但沒有這種特大型的金龜子棲息。那也是我年輕時帶領孩子上山，最想讓他們看到的保育類甲蟲。我可以理解，一名十五歲的日本少年，在百年前，看到這種南方大型甲蟲的吃驚和羨慕表情。

以前我帶孩童前往山區，夜深了，最期待的便是邂逅一隻台灣長臂金龜。那時即有一種浪漫的迷思，好像任何小孩只要看到牠，一輩子就會愛上自然科學了。沒想到遠在百年前，鹿野忠雄即有這種激奮，當下埋藏了一顆前來台灣探查的種籽。

我在跟你通信時，剛巧和古道專家楊南郡先生結緣，那幾年他常走訪東海岸。有一回，他向我探尋，是否認識一位懂鳥占的原住民。那時我想到，你既然是鹿野忠雄的嚮導，想必也會是很棒的獵人。再者，楊南郡常年在高山旅行，對鹿野忠雄的高山地理和人文學術見聞遠比我熟稔，我遂把你寫給我的第一封信轉交。希望他能跟你見上一面，除了談談鳥占之事。或許也能協助他牽線，繼續追尋鹿野忠雄一些不為人知的事蹟。

楊南郡得知你猶健在，自是驚詫不已。當年，他那等雀躍心情，迄今我仍記憶猶新：

「初看陳抵帶寫給劉克襄信時，我又驚又疑，又興奮又汗顏；身為鹿野忠雄的景仰者，三十年來我追隨他調查的腳步，在高山冰蝕地形旁印證他的發現，在文獻中蒐集有關他的言行與研究成果，卻從來沒有想過要尋找當年與他共同登山的原住民。是的，トタイ，就是這個名字！」

未幾，他遠赴花蓮和你秉燭長談後，寫了篇感人肺腑的長文〈與子偕行〉，記述你和鹿野忠雄如何結識，又如何相伴山行。鹿野忠雄當年野外探查不為人知的文史裡，晚近重現的，相信這是最重要的一篇回顧了。

九〇年代初，哺乳類學者林良恭寄贈我一個包裹，翻開後赫見是日文版的《鹿野忠雄》傳記。原來在我們重新發掘鹿野忠雄的事蹟時，日本方面也已注意到這位博物學者一生行徑的意義。我興奮地寫了封信告知你此一最新的狀況。同時影印了一本絕版的《山と雲と蕃人と》（1941）寄贈給你，並告知有一宜蘭耆老正著手翻譯，不久這本書將有中文版本問世。

這本書是鹿野忠雄縱走台灣山林的代表著作，太平洋戰爭爆發後一個月才發行，被譽為早年日本山岳文學的三大名著。另兩本年代亦相近，分別是靈長類學者今西錦司的《山岳省察》，以及登山家浦松佐美太郎的《一個人在山頭》，而你一直未有機緣拜讀。

那是通信五年來的最後第二封吧，我想這本書日後若能再發行，對你或對鹿野忠雄都意義非凡。但閱讀完後，你似乎有些事蹟想要補充，很期待將來中文版印行時，屆時也把你所知的，鹿野忠雄的冒險觀點，或者喜愛那名八仙山下南勢蕃社的泰雅族少女，一併透過此一版本，更加翔實地敘述，好讓我們清楚這位日本青年，一再癡迷於台灣山岳的深層因由。只可惜，這樁最後的謎底隨著你的大去，恐怕也石沉大海了。

其實，我還有一個謎團，一直想問你，也來不及提出。一九三三年秋天，你和鹿野在雪山山脈展開一個多月的地理調查，並採集動物。期間連續八日夜宿雪山圈谷，一度你們的糧食吃光了，差點凍死，還記得嗎？那時你們一邊捕捉高山鼠類，剝皮製作標本，一邊只得煮食鼠肉充飢。

我很好奇，那一年你們是否有捕捉到一種乍看彷彿沒有眼睛，外形與鼠類相似的小動物。鹿野曾撰文描述，後來卻不曾有人得知其真相，也從未有人再親眼目睹，更無任何插圖或影像可供佐證。

牠們叫鼴鼠，善於在地底鑽探。黝黑如山下的鼴鼠，但體長略小，平常棲息在森林地底的鬆軟土層堆，不深，約莫一個手掌下方。主要以土壤中的蚯蚓、蠕蟲做為食物。老友林良恭花了一整個年代的時間，才在鹿林山等地重新發現。這位充滿自然志情懷的學者，特別將這種台灣特有的高山鼴鼠，取名為「鹿野氏鼴鼠」，向鹿野表達最高的尊崇。台灣高山鼴鼠的發現，當然也再次證明台灣生物的多樣性與特殊的地理空間。

鹿野氏鼴鼠 2009

我的疑惑也不只於此，其實還有好幾樁，比如鹿野寫過高砂犬的文章，我也很想知道，你們在泰雅族部落遊蕩時，看到這些尖尾瘦腰的土狗，到底如何凶悍追擊獵物。又好比，鹿野使用的傳統萊卡相機，在高山拍攝了哪些生物？還有他真能口叨弦絲，彈奏籮勃琴嗎……這些都來不及探詢了。

太平洋戰爭結束時，好幾位日本學者都返台來探望你。你困惑而不解地探詢，「你們都回來看我們了，為什麼鹿野先生還沒回來？」

你的反問理直氣壯，害那些日本學者不知如何以對。你的民族自覺似乎也隨著時代的變遷，愈發迫切地想尋找真正的自己，以及一個人存在的意義。九〇年代初，你即以一位阿美族長老之尊，回到蘭陽平原，尋求噶瑪蘭族身分的認同。請問鹿野當年的原住民族調查，是否也影響了你，對自己身世的追溯與了解？

返鄉前夕，你突地再寫了封信給我。你說前些時又夢見了，鹿野先生正在回家的路上。你們應該很快就會見面。

那年收到信，一時不知道要如何回覆，竟始終擱置在案上。我對你的認知和心境是完全理解的，但總忖度著要用什麼樣的陳述，才能讓你寬心，讓那個年代的探險，閃耀著不滅的光芒。

怎知這一耽擱，花蓮友人傳來了你不幸辭世的噩耗。我們原本約定要敬膝長談的時日，終未等到。悲矣，你的離去，竟也意味著，我們和鹿野忠雄尚能牽連住的最後一根線絲也斷掉了。

「對不起，我來晚了。」那天，陳秀娘端捧你著傳統禮服的頭目盛裝照，在庭院出現時，我強忍著淚水拍攝下你的形容。

你一直希望，有朝一日我能來探訪，跟鹿野忠雄先生一樣回到這裡，跟你一起坐在庭院，或者田園小徑，遠看著中央山脈，閒聊那些和這些高山的過往，也想聽聽我的高山見識，還有對你們的評價。

這回我真的來了，而且三五天便騎單車到來。重新走在你晚年經常散步的鄉野小徑。我雖是一個人坐在田埂，總隱隱感覺，你仍繼續活著，在太陽麻花盛開虎爪豆結豆莢的土地。我也相信鹿野還活著，仍在回家的路上。

在未來的某一時日裡，我們將有機會並排坐在這裡，望著荖溪山，荖溪山後的木瓜山，木瓜山後的大檜山，還有之後的之後的，無數座三千公尺大山的中央山脈。我們的山……

附記

★ 關於鹿野忠雄《山と雲と蕃人と》一書之翻譯，宜蘭耆老的譯著因故遲未付梓，二〇〇〇年二月終有中文版問世，由古道專家楊南郡所譯註。日文原著則於二〇〇二年二月在日本重新發行。

2002年日文新版書封。

首登玉山的日本女生

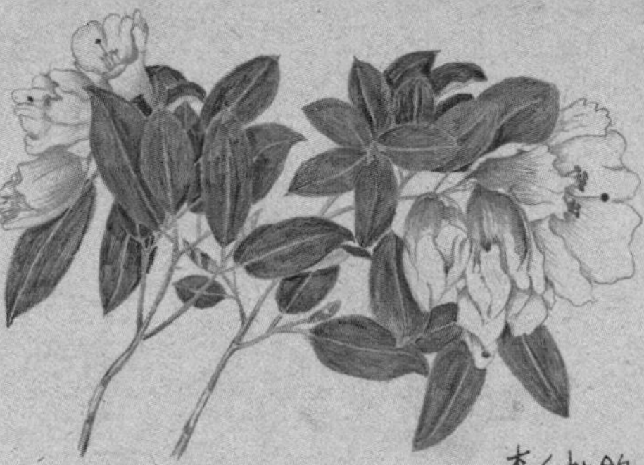

森氏杜鵑 2010

春天時，從鹿林山莊前往玉山。才一啟程便驚見，一株森氏杜鵑璀璨地盛開了。

走在這條歷史悠久的山道，又遇見如此著名的杜鵑綻放，我不自覺地放慢腳步，再度遙想起令尊，早年在台灣高山的冒險。

一九〇〇年春天，身形瘦小，且略微跛腳的他，還有那位留著小鬍子的年輕民族學者，到底在特富野是如何商量、結伴？然後竊取部落的頭蓋骨，翻過阿里山脈後，竟臨時改變計畫，轉而去攀爬玉山，最後橫越了中央山脈。

這次大膽卻遭後人詬病的冒險行徑，無疑是早年攀爬玉山，最教人驚駭的一樁。至於，有人感性地以為，那才是最早的玉山首登，我也只有無奈地苦笑了。

後來，令尊至少還來過玉山多回，但他到底是在何趟採集裡，方才注意到這種杜鵑的存在呢？其實這等芝麻小事，若放在令尊顯赫的探查紀錄裡，根本微不足道。現今無人重視，我亦可以理解。

但想到令尊初次的採集，那種可能發現新種的喜悅，我就有一種莫名的共鳴。再者，儘管學術上，森氏杜鵑已經不再獨立，歸併入玉山杜鵑了。基於野外探查的心境，我的好奇還是會一直存在。就不知那年妳來攀登時，看到這種高山杜鵑，心情會做何感觸了？

我一邊撫觸這種葉緣平整，同時擁有較大葉型的杜鵑，想像著一九二二年，妳繼美國領事阿諾（J. H. Arnold，1907）的夫人之後，成為第二位登上玉山的女性。

那回的攀登，不知妳是否穿著即膝的裙子和草鞋，且戴著斗笠，手持硬質的木棍，一如後來諸多女高中生展開玉山攻頂的打扮。

那時攀登玉山的途徑之一，是先搭乘阿里山火車，抵達沼平車站，再轉搭手推車，抵達登山口附近。從這兒開始步行山徑，上抵前峰，連接西峰的險峻稜線，最後才登上玉山主峰。

但妳走的是這一條嗎？又或者，是另外一條？

那時從南投水里通往花蓮玉里的八通關越嶺道已開闢完工，後來許多高中生都是從西部的東埔循此路攀登玉山。早年越嶺道未通時，阿諾夫婦也是從東埔出發，只是必須先溯行一段陳有蘭溪。

我另一個好奇是，妳究竟在何種機緣下有了這趟山行呢？在現今有限的史料裡，僅知一九二二年妳十三歲，應該還在接受初等教育。那時，女校攀登近郊低山的風氣正開，但尚無登上三千公尺大山的行程。偏偏，那一年的歷史文獻裡，令尊的山野紀錄也付之闕如。

即便如此，我仍大膽揣想，應是令尊攜妳上山吧！我雖然無從知道，平素獨來獨往的令尊，為何突地心血來潮，帶妳去攀爬，但一名十三歲的少女，若自己毫無興致，想必也不會貿然攀登玉山。

從現今的山路狀況來看，十三歲攀爬玉山，並不困難。稍事訓練，當可成行。我曾經帶過跟妳同年紀的女生爬過玉山，她們背負約莫六七公斤，仍展現了堅毅的意志力，輕易地上抵了排雲山莊。

過去的山行條件就嚴苛許多了，雖然當時越嶺道已開通，文獻裡描述山徑寬緩好走，但仍存在著各種難以想像的意外，譬如原住民的威脅，尤其八通關通往玉山主峰，那段路徑尚未整修，狀況更多。阿諾夫人也曾提及，最後的攀登，還得敦請布農族，設法從冷杉林裡闢出一條路徑，方才接近攻頂的碎石坡。更何況，早年裝備不比現今，面對高山驟降的氣溫或溼漉漉的雨天，相信都困難許多。

但無論哪一條路線，除了森氏杜鵑，妳應該會邂逅更多令尊採集的高山植物。

諸如森氏山柳菊、森氏苔、森氏毛茛、森氏當歸、森氏豬殃殃、森氏鐵線蓮等等。其他拉丁文有冠上森氏姓名的，還有赤柯、尾葉懸鉤子、台灣蠅子草、玉山耳蕨……如此林林總總的羅列，敏感的人不難研判，能夠被如此豐富命名的採集者，想必是那個時代勇於犯難的人。

而我心裡篤定以為，這樣強悍大膽，且心思縝密的令尊，勢必會鼓勵妳，在山行時這樣喊道，「富美，加油，翻過這山，前面就是新高山了。」或者，在心裡默唸著，「日後成為第一位研究台灣高山的女性吧！」

八通關草原，日治越嶺道和玉山古道在此交會，森富美可能攀登玉山的路線。（朱惠菁 攝影）

兩年後，一九二四年七月，十四名彰化高女學生在校長的率領下，從集集經內茅埔、觀高，成功登上玉山主峰。數日後，台南高女也進行了玉山的攀爬，蔚成一股女學生登高山的風氣。

只是，大家都忘了更早時，妳曾經踏上這座高山。我想像著，甚少和家人相處的令尊，引領妳的興奮和誠惶誠恐。據說那時妳就喜愛植物和山林了。令尊只有妳這個孩子，他或許也有這等想望，期待妳繼承衣缽吧！

我何以如此敢大膽揣測，因為喜愛自然越野的我，對孩子難免也有這般不切實際的夢想。於是孩子才八九歲，就帶他們登上好幾座高山了。嗯，那時候，總希望，日後有一位能夠肩著背包，跟我一樣，站在大山的肩膀，一起遠眺著。

又過兩年，妳十七歲，就讀台北第一高等女校了。那年七月，經過嚴選，被拔擢為登玉山的第一高女學生，還有第二高女，在台灣日日新報社的支援下，循八通關越嶺道，成功登上玉山。女學生下山返回後，報社在台北新公園，舉辦記錄登山實況的電影放映活動。根據報紙的轉述，欣賞放映的市民竟高達三萬人，在當時造成轟動。

原先我浪漫地揣想，妳應當也參加了這回攀登，再次走在這條山道時，或許和其他女學生一起，為了勉勵自己，一路唱著校歌：

日夜仰望劍潭的恩賜神社
月影清清的淡水和旭日照耀的大屯
端正儀態　磨練身心
聚集在此的九百位姊妹

然而，逐一搜尋那年的報紙後，赫然發現六月下旬公布的入選隊員名單之中，竟然沒有妳的名字。是沒有通過體格檢驗？還是，妳一開始就沒有報名參加？

那陣子，令尊的精神狀況不是很好，報社撤銷了著書的資金，使得他懸念多年的「蕃人樂園」無法實現。他還一度留下遺書，後來暫時打消了念頭。是不是這些紛擾讓妳放棄了難得的山行？

緊接著，七月的報紙不時刊出第一、第二高女攀登玉山的相關新聞，整個社會充滿雀躍的期待，但令尊失蹤的消息也夾雜在其間，妳的心情勢必特別複雜。

最後遺憾的事也終於發生。就在台北第一、第二高女學生登頂前幾天，令尊在返回日本的船上，投海自盡。七月底的《台灣日日新報》夕刊，同一版面上並列著兩則反差很大的新聞。縱使我今日看到，心情都五味雜陳。

一則是第二高女學生下山後舉辦的新高登山報告會，但另一則卻是令尊辭世的消息。他的意外死亡，引發諸多揣測。妳們家人遭受的打擊更超乎常人的想像，生活舉止和生命價值遽然改變。整個家族彷彿從台灣消失了般，不願再提到他的名字。

令尊的自殺為何讓妳們羞愧，頓然隱世，後來成為一個無法解開的謎。到底是，他把一生精華歲月，都投注於台灣原住民研究，還動用家

乙女ケ岳登り
雪に辷り危ふく谿へ
手に持った地圖が身替り
蕃通の第一人者
森丙牛氏の死
笠戸丸から大海原の
眞唯中へ躍入る
自殺した森丙牛氏
高雄市內に始めて現はれた
本島人の火葬
本年六月迄に五人
經濟問題と墓地狹隘から
第二高女の新高登山報告會
新高登山路
旅券が無いとて
有名な親日家の
上陸を拒絕
全亞細亞大會へ臨む
代表なので同會で奔走中
沿岸
大暴風雨
ヨットや大船の沈沒
四十餘隻に上る
原田選手捷つ
馬賊團から
久原鑛業へ脅迫狀
現金二萬圓とピストルを提供せよと
幸福の手紙を出した
惡戲者
基隆署で發見
處罰さる
本國へ歸つても
酒が飲めぬと
米船から海中へ飛入り
水上署へ泳ぎついて
救助を求めた米水夫
招夫へ
面當に自殺
女子夜學會開設廣告
愛國婦人會臺灣支部
映畫界
經濟
汐止公學校同窓會

森丑之助辭世、第二高女舉辦新高登山報告會，兩則新聞在同天晚報同版刊登。（取材自「台灣日日新報數位資料庫」/漢珍數位圖書公司，1926.7.31）

中的資產，進行出版工作，結果換得如此結局，才得不到妳們家人的諒解？還是一些繪聲繪影，傳說著令尊跟原住民女性，恐牽扯出曖昧之關係，而讓妳們覺得不名譽，因而絕口不再提及？

晚近，楊南郡先生前往日本，進行令尊生前事蹟的調查時赫然發現，日後同樣從事人類學研究的森雅文，竟不清楚自己曾祖父在台灣精彩的調查事蹟。由此可見，當時妳們受到的痛苦勢必相當劇烈，才會絕口不再提及吧！

令尊自殺那年春天，他還爬到玉山頂。根據植物學者陳玉峰的記錄，令尊誠摯地感嘆，自己首登以來，玉山植物的凋殘，特別呼籲保護台灣的高山植物和山系。那回，他還在山頂刻了一個木牌，記載自己絕食兩天，成為玉山登頂第一人的事蹟。木板另一面，寫上一首小詩，描述自己從家鄉帶來一塊石頭，置於山頂，再從玉山取一塊，交換帶回。

這是日本人登山文化的習俗。有鑒於此一事，好幾回，我帶隊上到玉山頂，跟團員講述令尊的傳奇時，還開玩笑地說，誰若能找到這顆日本石子，應當給予重賞。

我想令尊應當有跟妳提過，交換石子的心境吧？令尊投海自盡後，妳一生不只未再提起他的過往，連自己爬玉山的事蹟顯然也不願多談。更決絕地說，好像妳不曾在台灣生活過。

九〇年代中，我前往東京，一連六天下榻國會圖書館附近的小旅舍。一大早，便站在圖書館門前等候，跟貴國國民一起排隊，希望及早進去，借閱可能發現妳任何蹤影的文獻史料。

我期待在妳身上，邂逅一些台灣高山遊記的驚奇，那些我無法在男性探險家身上目睹的種種見聞。縱使只是一點少女的喟嘆或歡欣，相信都會是那個年代美麗的驚鴻一瞥。

那種搜尋的過程裡，我有種莫名的快樂，耽溺於這種歷史晦暗一角的茫然摸索。彷彿在非現實的時空裡，不斷地嘗試和另一個異性，進行詭異而幽微的山林對話。怎曉得，浩瀚的書海裡，關於台灣之種種，妳連個隻字片語都未留下。我們也始終緣慳一面。

去年底，喜讀竹中信子《日治台灣生活史——日本女人在台灣大正篇》的歷史大書，才獲知妳的片段事蹟。我曾委託好友劉黎兒再向竹

1914年森丑之助與佐久間總督等人在總督官邸前合照，左前方戴呢帽的就是他。
（楊南郡 提供）

中女士請益，只可惜，時空相隔如此之遠，連跟妳一起在台北生活過的她，顯然也無從知悉妳更進一步的任何狀況了。

我認識的少女們，那一年因為颱風過境，無法攀上頂峰。準備多時，而且按部就班地接受訓練，最後卻因天氣影響，被迫在排雲山莊放棄，距離主峰僅剩二公里多的步程。這樣的無奈著實教人不甘心，日後也成為她們最不想提及的往事，但比起妳的椎心之痛，終其一生都不再提到的壓抑，又何足掛齒。

我亦納悶，那是什麼時代，什麼樣日本女性的堅決心志，讓妳後來的一生，不談這段精彩往事，反而近乎死亡地活著？

啊，妳，森富美一生刻意地抑鬱以終，跟令尊，森丑之助果決的投海之謎都教人肅然。時隔多年，也讓我這輩子美麗的山行，繼續積沉著這一深層的困惑。

雲豹還在嗎？

我為什麼去找雲豹？
是不是這樣才能感受到自己存在的價值或者說是踏實？
其實，我也還一直在問自己
或許當我在台灣的原始密林中瞥見雲豹
我才知道答案吧

——姜博仁，二〇一〇年三月

生命的遭遇有時就是那麼離奇，十多年前，我著實未料到，你，一個萍水相逢的少年，後來的際遇竟如此乖舛和轟烈。

如今回想，也或許，在我們第一眼交會時，便可感受到你這輩子的野外探查之路，就命定要有這等的起落。

記得那是九〇年代的初春，聽說金山岬角出現了一隻罕見的鵜鶘。獲知此一消息，隔天，一大早，我便蹺班，搭乘台汽客運，從台北趕赴北海岸。

我的運氣不差，從岬角右邊的豐漁村拾級而上，在半山坡，隨即目睹此一嘴喙如勺子般的大鳥。牠跟著一群海鳥，悠然地越過天空。相對於其他海鳥瘦小單薄的體形，牠的軀體彷若航空母艦。時隔二十多年，我仍清楚記得當日，那龐大灰白的身影，在眾鳥拱護中，緩緩展翼的驚人畫面。

我帶著愉悅的收穫心情，翻過獅頭山，下抵另一漁村後，漫無目的走入一處沙岸。這處弦月形的開闊沙岸，到了夏初時，常集聚許多泅泳戲水的遊客。但現在還未開放，沙灘杳無人煙。過去我常在此徒步旅行，最愛這等空曠孤獨。

邂逅了大鳥，再下抵一綿長的沙灘。那心境彷彿大貓吃完獵物，懶洋洋地躺在熟悉的青綠草原，我心滿意足地小憩著。但那天，正當我一人獨占著無垠的海濱時，不遠的沙灘盡處，竟出現一瘦小的人影，佝僂行來。

我遠眺著，很好奇，這時為何有人在海岸出現。等你接近，我們望著彼此的打扮時，不禁莞爾一笑了。

多麼相似的行頭啊！頭戴賞鳥的迷彩帽，胸前掛著望遠鏡，還肩了背包。雙方一瞧，不用說什麼，彼此都知道，對方是賞鳥人，而且都很癡迷，才會在非假日的早上，跋涉於這一有些悶熱的水岸。

只不過，你比我年輕許多，乍看還是一個高中生的模樣。我不禁好奇問道，「請問你從哪裡來？」

「我從新竹搭車來的。」你回答完後，迫不及待地反問我，「請問你有看到鵜鶘嗎？」

我愣了一下，看來你也得知了鵜鶘出現的消息，專程前來尋找。我轉頭，指著獅頭山山頂，「剛剛翻過那山時，我看到了，跟著一群小海鳥在天空飛行……」

我話還未說完，你興沖沖地稱謝，就快步行去。留我一人，至少有三四秒的時間，繼續對著空氣說話。

那是我和你的初次相逢。有時人生就這麼簡單地寒暄而過，一輩子都不會再有交集。但我們之間的緣分，竟是從這一擦肩興起，莫名地展開。

二三年後，有一回我到清華大學講演，彷彿是保育社團邀請的。記不得講演的題目了，只知道說完時，有二三名年輕人圍攏過來，你也是其中之一。

你們一邊圍聚講台，還在熱烈地討論著觀霧山區的山椒魚，誰又找到幾隻，在哪裡還可能找到。你們會靠攏過來，當然不是為了這種爬蟲類。可能是一邊跟我探問鳥事，依舊捨不得放棄這個稀有物種的討論吧。

我好奇地問道，「原來你也讀清華？」

你有點害臊，抓抓頭，不好意思地回答，「我讀隔壁的學校。」

旁邊一位同學插嘴道，「他是資優生吔！」

「交大？」

你點點頭。

我繼續問，「哪一系？」

「資訊工程。」

「啊，怎麼會是這類科系！」我率直地脫口而出，語氣有些錯愕，又帶些遺憾。這樣喜愛自然的人，照理應該讀生物這類科系啊！

你聳聳肩，「沒辦法啊！」

好個「沒辦法！」返家時，在搭乘的客運上，一路不斷地思考著，到底這個回答有何意味。是家裡的壓力，還是客觀大環境的影響？假如我的鳥類觀察和你一樣早於學生時期，又會如何抉擇？

又過一陣，我們在一次北方三小島的賞鳥旅行裡，再次邂逅了。在一票青壯年的團員之中，青澀的你尤顯特別。不過那回我們沒聊什麼，往後也無聯絡。

只是，偶爾我會想起你，每當遇見年輕的賞鳥人、昆蟲迷等，便不免好奇你是否繼續自然觀察？有無特別的體驗？有時也夾雜著一點羨慕或臆想，假如自己早一點接觸自然，像十九世紀著名的歐美探險家，出發前就廣泛涉獵博物學知識，人生會是何等旅程？只是沒多久，這些好奇與記憶隨著生活的忙碌，也就灰飛煙滅般地飄散了。

十來年後，有天早上，如常翻開報紙。那時，我在一家報社工作。每早照例，從頭版瀏覽，直到最後的生活影劇版。那天，翻到三版的社會新聞時，赫然看到了你的名字。

三版通常都是綁架、搶劫之類的消息，你到底發生了何事，竟出現在三版刊頭呢？

急忙細瞧內容。新聞報導提到，一位任教於美國維吉尼亞理工學院的野生動物學者，在台灣的大武山區進行野外調查時，因為心肌突然梗塞，意外地罹難。他是你的指導老師。

原來，研究所畢業後，你便率性地任職野生動物研究助理，經常深入山野進行調查。但這畢竟不是穩定的工作，兩年後，你重拾資訊專業。不過，很短暫地，三星期的工作經歷足以讓你釐清心中的志向。準備一段時日之後，你前往美國攻讀野生動物系所。或許是資質優異、年輕氣盛吧，在友人的鼓舞和慫恿下，你天真而率性地選擇一個高難度的題材，研究台灣雲豹。

你回來展開野外調查的年代，也有少數幾位研究生選擇大型哺乳動物，譬如台灣黑熊、台灣水鹿，做為論文題材。他們不畏艱辛，進入偏遠深山，長時堅守於森林荒野，彷彿一生都可為這座島嶼付出青春歲月。

但再怎麼辛苦，大概也不會有人如此率性，竟以雲豹這類縹緲的物種，當作研究題目。畢竟已有數十年，都無牠確切的目擊證據，更何況，就算尋獲一二隻，調查內容恐怕也過於單薄，難以通過博士論文的審核標準。

當時攸關台灣雲豹的線索，學術圈僅累積了幾筆調查紀錄。比如一九八三年，東海大學張萬福老師在獵人的陷阱中，曾發現一隻雲豹幼豹，但不知為何卻沒有留下影像紀錄。九〇年代初，師大生物系呂光洋教授，在玉里野生動物保護區某條乾涸的河床上，發現類似大型貓科動物的腳印。另位同系的王穎教授，一九九六年在楠梓仙溪林道，也宣告發現疑似雲豹的腳印。在仔細研讀這些報告，比對相關資料之後，你的態度其實比較保留。

倒是長久以來，從部落耆老和獵人的口述中，斷續傳頌著一些雲豹的風聲。好些原住民獵人都堅信，台灣雲豹仍棲息在原始森林裡。連我這個外圍的登山人，都親身聽到一位老獵人言之鑿鑿地描繪著，「當我和族人走入山徑時，只聽到一聲狂野的叫聲。我們往林中探去，只見一隻大型像貓的動物，咬著死去的山羌，爬上樹幹。牠似乎剛從樹下縱跳下來，成功地捕殺……」但這些消息真實難辨，多數研究者都抱持著懷疑的態度，甚而有些專家論斷，台灣山野已無雲豹身影。

唯有你，不放棄渺茫的機會，浪漫地檢視，決定深入追探。

你選擇的研究範圍，以大武山區和雙鬼湖地區為主。這裡是魯凱族和排灣族的家園，過去也是傳聞獵捕台灣雲豹次數最多的地方。好些部落的首領和獵人，仍存留有雲豹皮。野生動物學者咸信，假如台灣還有雲豹存活，最有可能的地點便是這座原始森林。你豪情地打算在將近四個台北市的面積內，進行地毯式的調查。

想像台灣雲豹棲息在樹上 2009

我翻讀過去的研究報告，大抵指出台灣雲豹幾無天敵，獵物包括了日行性和夜行性的動物。主要獵取對象可能以獼猴和偶蹄類為主，但松鼠、穿山甲、各種老鼠，以及雉科鳥類也會攫捕。

在亞洲其他地區，還有雲豹棲息。根據當地原住民的陳述和動物園的圈養觀察，牠們的行動皆相當隱密。狩獵的時候，泰半採取定點守候。靜靜地，伏趴在粗大的樹枝上，等候獵物從下方小徑走過。

我們不免想像，台灣雲豹應該也有這等習性。好些動物畫家在素描雲豹時亦然，最喜歡以牠趴在樹上等待獵物的行為，做為構圖的主要畫面。

樹上是雲豹主要休息與獵食的地方，未吃完的獵物，多半會拖到樹上儲存起來，慢慢享用。只有很少的時間，才會在地面搜尋。其他雲豹如是行徑，一般咸信，台灣雲豹當不脫這種對待獵物的方式。

你最大的夢想，無疑是期待著，有一天果真在森林裡撞見了。十多年後，當我再次遇見你，好奇地探問時，你的眼眸仍閃爍著純摯的光芒。仍跟最初，我在海邊跟你邂逅時那樣，充滿不懈的追探精神。

只見你興奮地描述，「我夢想著，有一天，在濃鬱的森林裡，當我走進人跡從未踏進的地方，在茂密的樹葉間，一棵樟木的軀幹上，橫趴著一隻雲豹，全身暗灰的雲狀斑，清楚的塊狀分布，正悠閒地閉目。長尾垂下來，微微地擺盪著……」

如果還有雲豹，大鬼湖區（上）和大武山區（下）是牠最可能藏身的區域。（姜博仁 攝影）

然而，你終究沒有樂透得主般的機運。回來台灣之後，幾乎每個月都背負重裝，徒步跋涉山區，餐風露宿蹭險溯溪，辛苦調查了三年多，卻始終沒有發現任何雲豹的蹤跡。期間遠在國外的老師甚至飛來台灣，隨你進入大武山區，觀察雲豹的棲地。沒想到，竟發生了這樁不幸的意外。

相信此事對你必有衝擊，但你必須壓抑悲愴，繼續入山，繼續未完的志業。

時隔半年，杜鵑颱風來襲，我如往常勤按遙控器，關心著風災訊息，怎知，赫然又見你的消息。

原來，一個星期前你帶領一支調查隊伍，進入大武山區持續調查雲豹。上山前，颱風還未形成，連熱帶低氣壓都沒有。怎奈數日後，從收音機獲悉颱風即將來襲。身為領隊，你考量到調查隊伍的安全，當下決定撤退下山。

即將抵達檢查哨，颱風卻已然逼進，太麻里溪水勢湍急，渡河不易。若回頭，恐怕也找不到安全的避難處，眼前你們只有渡溪這條路可行。唯天不從人願，當你和一位女隊員渡溪時，被洶湧的溪水沖散。你很幸運地掙扎上岸，安全地脫困，但夥伴卻不幸遭洪流沖走，迄今仍下落不明。

這件事在當時，對你的野外調查又是一番殘酷的打擊。一些記者不明事理，針對颱風天，仍帶領學生在野外調查，頗有微詞。有些媒體甚而批評，貿然渡溪的不當。因為意外發生了，面對這些扭曲的批評，你沒有駁斥，黯然概括承受一切的責任，並且深深責備自己：

「或許樹靈不滿我在他們身上架自動照相機吧
或許我打擾了山裡原住民祖靈的清靜所以要我也不清靜
也可能對我掛著保育研究的旗幟最後研究成果卻似乎對原住民與動物沒太多幫助而要我多一點點對人的尊重
應該是山神在生氣吧，帶走了恩師與阿秀，經常想起他們時都會偷偷掉眼淚，對不起他們，對不起他們的家人與朋友，會寧願當初沒有做這個研究，也不要悲劇發生……」

唉，不知為何，跟你只有數面之緣的我，每次唸及此段你日後的回憶，我都激動地噙滿淚水。其實，從事野外調查，常在山林裡跋涉的人皆知，死亡之意外，隨時都會發生。最安全的地方，有時反而最常遭遇不測。我們只能以自己常年的經驗，謹慎地來去，減少傷害的發生。萬一遇到天然不可抗拒的狀況，也只能默然承受。

一如軍人戰死沙場，從事野外調查的人，結束生命的方式是在自然環境，意外地遭逢變故，其生命當可了無遺憾。美國野生動物學者的乍然病故，調查隊友的不幸罹難，或者諸多野外調查者的往生，不論在這個地球的哪一角落，選擇哪一種野外探險，我都如此理解著。

再談你的調查，若說毫無所獲，就是失敗了，相信這也不是動物學者研究事物的最終想法。至少，你以地毯式的搜索，再度澆熄了大家對台灣可能還存在雲豹的一絲希望，包括也捻滅了自己的期待。

（邱春火 攝影）

（姜博仁 攝影）

（邱春火 攝影）

二〇〇六年，你和一位我的舊識裴家騏，共同具名發表了一篇有史以來最深入翔實的台灣雲豹報告。

你們整理了相關文獻和訪談，發現絕大多數雲豹的殘留物，都是太平洋戰爭前就存在的。還有些毛皮和牙齒，代代相傳，甚至都擁有上百年存藏的歷史了。至於目擊到台灣雲豹的紀錄，多半也是非常早期的記憶了。

其次是野外實際的調查結果。三年多來，從海拔一百多到三千公尺，超過五百天以上，二百多人次的山野苦行，設置了將近四百個自動照相機調查點，拍下一萬三千多張動物的照片。還有，費心設計的二百多個毛髮氣味站。幾乎搜遍了大武山區和雙鬼湖區，卻一次也沒有台灣雲豹的任何蹤影。

不知多少時日，重裝涉險溯溪，只為遇見那華麗的雲斑身影。

（姜博仁 攝影）

經過種種嚴謹的分析比較，這篇報告的最後，你們推論：台灣雲豹極可能已經滅絕。追尋雲豹的不可能任務，終告一段落。台灣雲豹雖未尋獲，但你在大武山長期觀察的事蹟，經過口耳相傳，早成為年輕一代野外探險的傳奇。

但我一直杌隉不安，很好奇你的雲豹觀察就這麼結束了嗎？我們有無可能更進一步，在這個台灣最詭譎的野外探查裡，找到更大的生活意義？

比如，就讓雲豹消失也好，或許牠的消失無蹤，反而是一個更具體存在的方式，讓後世人對生態環境更有反省的決心。每隻雲豹都意味著，其下大片森林區塊的完整和成熟。牠們的滅絕更讓我們驚心，台灣山林的日漸脆弱。

二〇〇二年夏初，我前往魯凱族舊好茶，遇見小獵人時，特別把你的故事講給他聽。小獵人早年在都會當工人，後來厭倦都市生活，決心回到部落。但是，回到新好茶後，依舊悶悶不樂。為何呢？原來，心裡懷念的還是舊好茶孩提時代長大的家園。傍著大溪的新好茶，彷彿漢人平地家園，並無山上的風光。

於是，他再次啟程，跟老婆回到山上老家。希望在母親生孕他的地方，重新以己之力，搭蓋一間心目中理想的石板屋。日後在舊好茶安定下來，過自己想要的簡單生活。

小獵人聽完我敘述你尋找雲豹的故事後，默然不語。我試著提出兩個問題：

「那位年輕人以自然科學的研究方法，尋找台灣雲豹，你以為如何？」

「台灣還有雲豹嗎？」

小獵人並未吭聲，低頭想了許久後，用很原住民的方式，悠然地回答我，「今天晚上，我去做夢看看，明天再告訴你答案。」

他這麼說，我滿頭霧水。但既然要回答，我也不便再講什麼。

當夜在石板床橫躺，我並未安然入眠。半夜醒來二三回，只見月光下，窗口外龐然的大武山巍峨地矗立著。心裡還想著，不知小獵人做夢了沒？

在小獵人的心中
雲豹依舊安在。

隔天早上，我去拜會他。他正帶領一群南部生態團體的成員，沿著部落的巷道間導覽。他看到我了，繼續忙著解說。

我也不便發問，只側身於旁，默默地聆聽他解說部落的種種往事。一路尾隨，走到他獵人爸爸居住的石板屋前。魯凱族有兩個父親。一個是生養他的，一個是教他打獵的。小獵人突然跳上院埕前，獵人爸爸習慣休息的大石頭，伸手指向旁邊的另一顆，對大家說，「昨天晚上，我的夢裡，雲豹來到這塊石頭趴坐。牠告訴我，今天將是好天氣，可以出去打獵。」

小獵人講完後跳下來，也沒看我，繼續對著眾人，解說舊好茶的生活趣事。我了然，這段話專門說給我聽，而且已經間接告訴了我答案。

小獵人說完繼續往前，眾人繼續尾隨。只留下我，走上他剛剛站立的石頭，望著他手指的大石，再回頭望向大武山，突然又想到你。

「我為什麼去找雲豹？牠是一座原始闊葉森林裡最上層的掠食者。透過牠的存在，我們可了解整個森林的狀態。當森林生態失衡，牠通常是最早消失的。反之，如果能夠確保牠們族群的存活，在同一種環境中，其他生物的生存大概也不成問題。」

十多年後，我們再次重逢，你坐在我對面，一個暫時蟄伏的林務研究單位裡，如是熱切地述說著。稚氣的臉龐猶然煥發著對這塊山林的炙熱關懷。你仍如過去的執著、純真。

言談間，有時我還是看到了最後一隻雲豹，巧然劃過你的眼眸間。更彷彿回到了北海岸，繼續那一天初見面的場景。

附記

★雲豹分布於尼泊爾、不丹、印度北部、孟加拉、中國大陸南部、台灣、中南半島、蘇門達臘和婆羅洲，因為過度捕獵和棲地破壞，族群數量不多。過去被認為僅有一種，但晚近的研究發現應分為二種：*Neofelis nebulosa* 和 *Neofelis diardi*，其下又各分成三個和二個亞種。台灣雲豹（*Neofelis nebulosa brachyurus*）是所有雲豹中最稀有最瀕臨滅絕的。

最後的撒哈拉

我們並不認識，只通過一次電話。也可能，聊不過五分鐘吧。

但那次電話裡，妳急切地確定關渡沼澤區有蘆葦林後，很認真地約好，要跟我去那裡，冬天的時候。只不知為何，後來就再也沒有等到妳的電話。沒多久，聽說妳住院了。又沒多久，電視赫然傳來妳告別人世的新聞。隔天起，報紙都以很大版面的篇幅刊登妳的離去。一連幾天的新聞和文章，我卻沒一篇讀完。

妳往生後，我去了清泉部落三回。

第一次是冬初時，走到那排紅磚矮房前。村子裡的人指了其中一間，說是妳住的。跨過屋前窄窄的水泥甬道，前面是一小畦菜圃和園藝植物，聽說有些妳曾栽植過。然後，一層層矮屋下去，豁然開朗的是，上坪溪的碧綠山谷，以及對面的峪嶸山巒了。

我在那兒晃蕩了一陣，雲霧低垂的清冷天氣，聽到

從清泉天主堂可以遠眺
三毛故居。（1999）

了山谷裡傳來不少山鳥的叫聲。有好幾種應該在海拔高一點的地方比較容易記錄。想必是山谷的冬天較為溫暖，牠們才會遷降下來。生活充滿自然靈性的妳，天生或許也有這種敏感吧，才會尾隨著丁神父，數度到此和這山谷結緣。

第二回是暑夏的鄉土教學。我帶著一群孩子到來，寄宿在對面丁神父布道的天主堂。我們組了一個小隊，跟當地的泰雅族小朋友鬥牛。在教堂旁的籃球場，三對三。幾個還未升國中的原住民學童，把我們這些整天談飛人喬丹的，修理得很慘。比賽後，我和都市來的孩子們，頹喪地坐在地面休息。頭一次覺得，NBA離我們很遠。這些眼神澄澈的原住民學童，有好幾位還是娃娃流著鼻涕時，說不定妳也都抱過。

我指著對面的山谷，告訴孩子們一個傳奇，「有一個很會在世界流浪的人，以前就住在那邊的小屋。」他們果然很好奇，我趁機把妳的一生簡單講了。他們相信有女生會到全世界去流浪，但不相信會在這兒長住。

未幾，我又有第三趟的走訪。那是颱風過境之後。我去大霸尖山，路過時順便探望。曾經拘禁張學良將軍的故居，早被颱風時的溪洪沖毀

很會流浪的三毛漫步在北海岸沙灘。（謝春德 攝影，1978）

了。我遠遠地眺望著妳住的地方，有一家新溫泉飯店正在興建。龐大的飯店建築，把妳甚少著墨，早年旅居的小屋幾乎遮住。我對清泉的疏離感，頓時強烈起來。

那是很感傷而挫敗的，倒不只是因為妳寄住過的地方，可能將遭到破壞，而是這個部落走向了觀光。那次，我沒有過溪，沒去探望妳住過的小屋。那次以後，我也未再回去。忘記了清泉，忘記了去大霸尖山的山路。連妳，彷彿也一併遺忘了。

此後，我對妳的追懷，嚴肅地自責，似乎只在旅行這個課題裡才出現。

關於這個課題，啊，我真像面對戀人，又愛又疑。在書籍範疇的閱讀裡，從十九世紀探險家的心路歷程，以迄當代各種旅行的詮釋，我對每一個時代的旅行人物，都充滿賞玩的好奇和剖析樂趣。我樂於從整體社會結構和背景，畫出一個旅行的座標框架，擺置每個人物所屬的位置。

從台灣近代的旅行歷史，有時，我也會試著把妳放進來，但泰半時候，我苦惱著，不知將妳如何定位。

台灣在妳離開世間多年後，進入全面的國外旅遊年代。台灣女性旅行世界的密集度，也在此時形成高峰。還在就學的女生，仍在上班的粉領族、熟女，或者不婚族、菜籃族、失婚的，甚至上了年紀的老嫗，都有浪跡世界各地的故事。

當年妳辛苦抵達的異國之境，敘述著各種令讀者驚歎的浪漫奇遇，現在隨便一個中年歐巴桑，都可能拎著LV包包，迎風招展，大剌剌地抵達。在某一處妳描繪的神祕之地，充滿性靈傳說的環境，她們滿足地擺出一個觀光者的勝利姿勢。灰暗的墨鏡下，露出潔白皓齒的滿足微笑。

看到這些持盈保泰的快樂相片，我很難對照，往昔妳最愛的吉普賽裝扮。一個人的披肩長髮，一襲的漂泊，以及一種流浪背後的社會情境。

攤開九〇年代台灣人瘋逛出國的旅行地圖，檢視女性自助旅行的多樣和繁複，我幾乎忘了，我們曾有過的沼澤之約。只忙著摸索，妳的旅行對現代女性的啟發。或者，好奇著流浪對妳的意義，最後的目的是什麼。

關於台灣女性的自助旅行，我一直想把妳視為早期的重要指標人物，但又有些躊躇。或許，從根本上，我就困惑著，妳的流浪本質，算不上什麼旅行，只是一個偏僻地方的旅居。執著著異國的在地視野，卻不小心地，混合著台灣人的旅行見識。

妳沒有受到異文化劇烈撞擊的深層思考，自覺地牽動殖民主義的思維。妳更不會有內化的意圖，解決自己在地的身分隱憂和意識。讀者熟悉的撒哈拉沙漠故事，或許是妳神祕主義前世的家園。妳很少想念，回到台灣的家。多數人的旅行好像不是這樣，既有一種漂泊的動態，也有一個明確家園的呼喚。

妳更非我所熟悉的那種探險家，對目的熱切期待，對過程亦充滿好奇和知識的挑戰。他們談死亡，但不是了然、知天命，而是奮力一搏，爭取最後的尊榮。或者，精彩如李文斯敦，如鹿野忠雄，在旅行中途的某個狀況下，認知轉個彎，有了另一個生命情境的大開大拓。妳彷彿還沒出發，就命定了。人家是未知在前方，妳是已知。已知妳的前世，早就在前方等候。

妳的旅行其實不管多麼異域，或者多麼遙遠，好像都會很浪漫也很深層地呼應自我內在。呼應那不可說的，一個人的神祕心靈。那是身為一個男性的我，或者多數人，一輩子難以理解的。

從這一角度，有人或以為，其實也無需這麼遠方的流浪才能召喚，好像在自家斗室，就能檢驗生命的本質了。這或許也是，我再三走訪清泉部落的主因吧。

走訪後，我並未釐清任何意義，也未辯證出任何結果。但我堅信清泉是個起點，從這座島通向異域的視窗。妳從這裡出發，必須漂泊到任何遙遠的異域，在最原始的自然環境，妳的內在才會清楚，更為擴大。那一部分小小的自我，才會更明確地凸顯。

還有，日後這麼多自我溢出的旅居故事，那麼多動人和感人的內容和際遇，也或許，不能以純然的虛構指涉或質疑。那應該都是真實的，只是小說故事的成分較大。我能坦然接受的，是妳敘述的態度，比較不是妳邂逅的情形。那些也絕不是妳的自傳，寧可就當作傳奇吧。

在旅行這個範疇裡，不斷地轉繞分析下，說真的，找不到比妳更有趣的議題了。但妳絕非典型，只是一個奇特的個案。

在妳的文章裡，如果要我選擇一篇可以百分百信服的，或許是發表在《皇冠》雜誌的最後一篇文章，〈夜半逾城——敦煌記〉（1990.7）。這篇文章，我遲到最近，因為前往敦煌才拜讀了。

這篇遊記一如先前妳的文章，夾雜著小說體的情節，充滿戲劇化的高潮。但我驚覺到，妳對死亡的預知，似乎更加堅決而篤定了。

在敦煌，在這一回最後的旅行裡，妳隱然也毅然地透露生命的最終。那種生命交代，讓我嗅聞到了不同於探險死亡的情境。妳在心緒激動的狀態下，溫柔而平靜地交代後事。那種莊嚴宿命，讓我毫不遲疑地接受了此文的實體。

在這絲路的起點，或盡頭。我感性地以為，或許妳已感受到流浪結束了，再也無從發現另一個漂泊的異國。戈壁的蒼茫和天高地闊，喚回了妳在撒哈拉沙漠的鄉愁，妳的心靈家園。

我是如此解讀，因而再度想起，我們那一個或許不經意聯絡的沼澤之約。

敦煌石窟數百，哪一個是三毛走進的？

今年春末，當我抵達莫高窟，站在大泉河西岸遠眺。對面是鳴沙山，堅硬的礫石層崖壁上，開鑿了數百個石窟，裡面迄今仍保存著從北魏至元代的遺物。

妳的敦煌之旅，最後便是來到這裡，獨自深入其中一個石窟，淚流滿面地面對石佛。

我的絲路之旅，有一才情洋溢的詩人許悔之結伴。他晚近的創作多以佛入詩，刻意挑戰世人的情慾。一路西行，只見其在人前總是強顏歡笑，娛樂眾生。其實，心裡的寡歡多愁，少有人解。

唯進入石窟後，一輩子的出入佛陀，來去的迷悟，彷彿今日始有開竅之感。出洞後，他悄然慨嘆，不虛此行。我想妳應該也有類似的生命大喜悅，只是方向不一樣。

站在河床長年乾涸的大泉河畔，很好奇，當初妳走進的石窟到底是哪座？會不會我們走進的是不同石窟，因而有了不同思維？

佛性駑鈍的我注意到，大泉河岸佇立著許多枯萎的蘆葦，以褐黃的身影叢叢搖曳著。這時我才恍然明白，那年妳為何一直問，關渡有無蘆葦了。

敦煌塑像的材料大都是就地取材，雕像的中心骨架，以附近生長的楊柳做為支柱。塑泥也取自石窟前河床上沉澱的沙土。而摻雜泥土間，輔助骨架支撐的材料就是蘆葦。

現在，我全然懂了。關渡沼澤區也有大片蘆葦林，它們緊鄰著紅樹林，形成不同的色塊。秋末時，一綠一黃，讓基隆河成為台灣最秀麗的河口。半甲子前，我守望著數千隻水鳥，在這塊沼澤來去，喧囂而熱鬧地越過、穿過，或者棲息其間。

這樣單純地觀察，我總是有一種難以述說的滿足感。那是自然賜予我，別人難以理解的。妳的流浪，妳的撒哈拉沙漠，是否也有這樣的滿足呢？

當妳站在某一個石窟，感受到佛陀的召喚，生命的靈性顯然也在這時提醒妳，人世的約定就在此，應該有個了結。多麼欽羡啊！這樣的預知死亡。

大泉河畔的蘆葦枯黃卻蒼勁，讓人隱隱感受生命的茫然。

乾涸的大泉河畔佇立著一座座衣冠塚，不知哪一個是三毛的？

假如有一天，我可以，我也期待著，自己有著這樣的福氣，在自然的氛圍裡，得到這般的啟發。

我試著往河的上游走一小段，上了土丘，石窟外盡是荒涼的沙漠。眼前佇立幾座昔時的衣冠塚，據說都是早年殘留在此的僧人或騷客的遺骸。

妳在最後一篇文章裡提到，自己死後，希望友人也能帶著妳的骨灰，回到這塊最後的旅地。

妳往生後半年，生命密碼和妳最相近的大陸小說家賈平凹，臥病在陝西老家。忽聞一客人來訪。他在六月初發表的散文〈佛事〉中寫道：

「五月二十九日天下大雨，有客從台灣來，自稱姓陳，是三毛的朋友。一聽說三毛，陌生客頓做親近人；先生卻立在那裡只是說，我送三毛的遺物到敦煌去，經過西安一定要來看看你。」

看來，有人也依妳的話，帶著妳的一些遺物回來。我凝視著一座座孤立的衣冠塚，昔時的近代的，遙遠的咫尺的，散落在沙漠間。滄海茫茫，就不知哪一個是妳的。

今年秋末，我照例要再回到，去過數百回的關渡沼澤，再去探望冬天的沼澤，那片蒼茫的蘆葦。

啊，上輩子未成的約定，這下輩子，妳若還想看看基隆河河口的蘆葦，那麼就化做敦煌常見的白鶺鴒，冬日時遷移南下，跟我在關渡沼澤區碰面吧。

夜鷹的大地

一隻灰色如斑鳩的大鳥，在我眼前倏然竄起。身軀如鬼魅的線條，羽翼隱然有對白斑，我因而確定是隻罕見的夜鷹。

牠的驚飛，讓我想到了你。讓我想到，二十年前，你在這塊河床地的走路。

這隻夜鷹一如所有其同類的習性，在灰黝的低空，悄然地滑行。一段短短距離後，沒入更前方陰翳靄靄的荒野裡，我也朝那兒前去。

如果我沒有記錯，這是你單獨記錄的第一種稀有鳥類，而地點就在自己從小長大的家園。從個人賞鳥的履歷，相信那意義是非凡的。

沒想到，我回來的第一天也在這裡邂逅了，在我們成長的大肚溪畔。放眼望去，那景色依舊。野草蕭瑟，卵石纍纍，一片花生和地瓜都難以生長的稀疏草原，乾旱而荒涼地橫陳在前。

七〇年代末起，不少人受到生態環境運動的感召，選擇了賞鳥，做為自然保育志工的起步。我們也在各自的年代，胸前掛著望遠鏡，從這兒起步，遠離了都市人群，孤獨地走進這裡。這兒是離我們家園最近的大溪，經常一整天，遠方只有一二輛盜採砂石的卡車恓惶而行。或者更遠的地方，偶爾有一二位農民，騎單車經過他的田地。

我們為何會這麼瘋狂，走進這個少有人佇足的環境，若說只是為了尋找某些特殊的鳥種，因而不辭艱苦地進入，似乎也言之成理。但後來的賞鳥旅行，或緊接著的，更為繁重的山林踏查，都讓我虔誠相信，那是一個人在尋找真正的自己，確立某一種生活價值。

我深信，那一年你走進這條大溪的沙洲，可能一如年輕時的我，很清楚自然生態調查的基礎，應該從自己的家園展開。我們便這樣一頭栽入，不計較什麼利害，利用各種空檔來此，不斷地把觀察到的鳥種，增添進隨身的筆記本。

這樣遼闊單調的河床地，大概也只有我們這種熱愛曠野的人，可以揮霍時間。一整天不停地走路，歡喜做甘願受，盲目地一直往前走。隨便前方的風景，將安排什麼內容。

若按我在自然觀察的經驗推論，晚了一個世代的你，在更多生物圖鑑和生態理論的輔助下，想必會擁有更多知識的涵養，做出成熟的判斷，也提早看到自己的位置。

最初我也以為，我們毫無淵源，未曾謀面。後來翻讀一期又一期的鳥類期刊，才驚覺，我去過的地方，經常沒過多久，你都有前往的賞鳥紀錄了。二十初頭，你似乎就踏遍了北台灣重要的賞鳥景點。

在那個賞鳥蔚成風氣的年代，最早投入生態保育的一批志工，泰半以教師、醫師和公務人員為多，有時也有一些大學的保育社團參

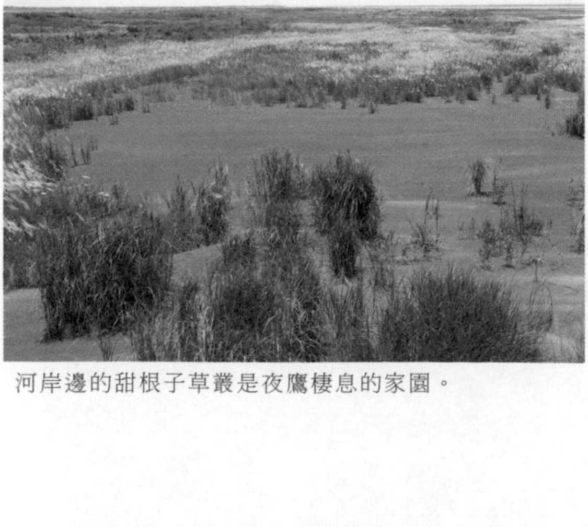

河岸邊的甜根子草叢是夜鷹棲息的家園。

與，但你來自南部，就讀於北台灣的私立專科學校，這等二專生的身分和熱情著實就少見了。

我始終好奇，像你這樣出自技職體系的年輕人，在資訊管道缺乏的環境裡，當初是如何受到啟蒙，投身生態運動的？後來有位鳥友跟我提到，你是因為一場我的講演受到啟發，決定了賞鳥的志業。但當時你的學校，根本沒有這類生態保育的講座，莫非你跑去了隔鄰新莊的那所大學特別聆聽。而就這麼一場，更堅決地投身野外的自然觀察？

多麼慚愧，我竟忘了，自己講演的內容。只記得那時，我很拙於表達，只會害羞地把自己淺薄的自然經歷，怯生生地敘述。老實講，那時認識的鳥種相當有限，連基本的鳥類生態習性都還陌生呢！

現在我去大學講演，半甲子來的鄉鎮旅行和山林踏查，讓我擁有豐富的行腳經驗，按理應該會有更多感人的閱歷。可笑的是，我卻喪失信心了。

我愈來愈懷疑，還有多少人會因為一場講演或者一本書的感召，決定投身台灣的生態保育運動。但在你的年代，在我還年輕生澀時，那單純的力量，好像還能撼動人心，還有那種傳承的氛圍。

後來，鳥類版畫家何華仁提醒我，你確實跟我們一起出過野外。

恍然間，我才有了那天旅行的有趣回憶。那一回，我們參加一支賞鳥隊，走訪冬山河。一路上鳥況甚佳，我和他走在前方，帶頭搜尋。你和幾位同學尾隨在後頭。

我們因為資深，且有一些小小知名度吧，讓你們有些敬畏地，不敢接近。也好像，怕走在太前面，驚嚇了鳥類，讓我們失去辨識的機會。你們總是保持一段距離，當我們說看到哪種鳥了，才怯然地跟上，一起湊趣地觀賞、討論。

黃昏時，當大家疲憊地想打道回府，一位在地的賞鳥人騎單車追過來，告訴我們，有兩隻稀有的禿鼻鴉在河口出現了，問我們要不要追過去？

還要回頭嗎？來回至少得一小時呢，很多人面面相覷，遲疑著是否值得為此鳥再折返。我和何華仁二話不說，轉身便往河口信步，不在乎能

我在關渡拍攝返鄉的候鳥。（何華仁 攝影，1983.4）

否趕上公路局的班車。跟過去賞鳥一樣，我以為，最後又將剩下我們兩人，留在原地。沒想到，未隔幾分鐘，還有兩位年輕人跟了過來。據說，其中一個便是你。

當我們排除萬難，找到了那對罕見的禿鼻鴉，滿足地想離去時，你們又跨過一條凹溝，堅持靠得更近。後來，那對黑鳥飛到另一塊田地，你們猶不放棄地追蹤過去。還記得那時，對岸都已亮出鵝黃的燈火了，你們還在暗灰的大地躑躅。看著兩團接近夜色般黝黑的孤瘦身影，在河口緩慢地蠕動著。心裡還暗自驚歎，哪有人賞鳥如此癡狂的。

不久後，我們又站在同條陣線了。

那時我還持續到關渡沼澤區進行鳥類觀察。這塊沼澤因為溼地生態豐富，緊鄰大台北都會，屢屢見諸報端。但在眾所矚目，在積極呼籲成為自然公園的過程裡，龐大候鳥群的來去，依舊受到人們無情的傷害。垃圾傾倒、變更地目，或非法毒魚等情形不曾中斷。最嚴重的威脅莫過於候鳥的捕獵，尤其是掛網捕捉。春秋季時，沼澤經常可見細密如蜘蛛絲的鳥網，一排排若隱若現地橫垂著。

我無法忍受，這般明目張膽又無法可管的亂紀現象。於是，自發性地展開了個人的搶救候鳥行動。前去賞鳥時，隨身都攜帶小刀或美工刀，看到鳥網掛有鳥類時，便偷偷地下去割鳥網。

怎知在那個年代，割鳥網這樣的良善行動，居然被視為破壞私有財產的犯法行為。我們竟屬於少數的不肖人士。掛鳥網破壞環境的人沒被告發，搶救候鳥的人有時還得冒著挨揍的可能。但我還是顧不得危險，繼續執行這個救鳥計畫。據說沒多久，你也熱心地參與了。

這點我是全然理解的。一個賞鳥人只要常在那兒走動，看到大批大批的候鳥被活捉，或者看到一群羸弱失神的候鳥，被關在陰溼汙濁的鳥籠販售，都會於心不忍。更何況，走到草澤，看到遍地鳥網。每張都掛著四五隻倒栽而下，正在垂死掙扎的候鳥。

但我還算理性，割鳥網時，都會先仔細觀察四周動靜。我通常騎著野狼125抵達，確定要行動時，都不敢熄火。小心翼翼地走下去了，還會故意裝作無所事事地觀望，眼看四下無人，才敢取出小刀，快速地割破。再悉心地，放走掛在網上的候鳥。

有幾回，張鳥網的人發現了我的行徑，大聲咆哮地衝過來。我因為掌握了安全距離，還能從容地騎車離開。

你們這一代，賞鳥意識更加明確，那捍衛環境的理念也更為強大，而且願意奉行質樸生活。因而進入這塊沼澤區時，總是堅持走路或騎腳單車，表示對這塊土地的尊重。我騎著機車，在基隆河堤防，跟你們邂逅時，總覺得有些慚愧。

但你似乎也太憨厚了，連割鳥網這樣危險的行動，竟還騎單車來。後來，我聽說了，有一位鳥友連人帶車，被捉鳥的人丟入基隆河的爛泥灘裡。我一直沒來得及問，那人是你嗎？

當然，沒來得及問的，豈止這件事。我也不知道，野外觀察才開展，你和賞鳥好友陳定昆，為何要啟程前往中國內地。是那兒的壯闊山河讓你們動容，還是豐富的野生動物，吸引了你們的好奇？

九寨溝，當我初次聽到這個名字時，不禁一振。對我們這一代的野外觀察者，那不只是一個觀光勝地。我們想到的是這片瑰麗森林內，繁複的鳥類和動物相。我難免會好奇地想像，這片喜馬拉雅山系延伸出來的自然環境，到底跟台灣有何細膩的差異和相似。

不知你們的自助旅行，有無懷抱著這樣浪漫的夢想？我也不知，在台灣摸索出的環保志工精神，是否適合運用到世界各地。或者有些地方，還不到該奉獻的時候。

為了省錢，你們搭乘卡車自助旅行。路途遙遠而崎嶇，行至半途，裝備簡窳的卡車陷在風雨中的泥漿裡，怎麼發動都前進不得。據說，當時下著豪雨，一群隨行的大陸人漠然地站在一旁觀望。只有你們倆人，熱心地下去幫忙推車。

未料到，一道土石流轟然沖瀉而下，你們來不及逃避。不過一瞬間，竟跟著卡車一併被土石流沖走。日後回台灣的，只剩一對僵硬的軀體，連最後的遺物也被竊走了。

兩名八〇年代的台灣賞鳥人，彷彿一輩子都將相互伴隨的好兄弟，就這樣為了自然觀察，為了幫助他人橫死異鄉。

我又回到大肚溪了。夜鷹也在河床裡，發出簡單、清亮的獨特叫聲，「嘴——」好像在宣示著自己的領域，你有聽到嗎？還是，那是你在跟我打招呼？

年過半百，如今回到這塊荒涼的溪岸，感傷和回憶如甜根子草的芒花陣陣翻飛。我仍跟過去一樣，到處宣揚生態保育的美善理念，但我許久未遇見，像你這樣的年輕觀察者，讓我有著繼續燃燒自己的熱情。

巍薩，生如迷鳥之漂泊，死如候鳥之返鄉。今晚我繼續走進遼闊的河床，我們的河床。能否請你如夜鷹的竄起，以靜默的飛行，再次滑過天空，引領我接下來的路。

向老鷹學習

最後，當你以全裸的背影出現，緩緩地攤開雙臂，如一隻老鷹半蹲著，張開羽翼，在湖邊稀疏草原的大石上出現時，全場的青少年們都驚嚇到了。隨即，又爆笑成團。

原來，這個限制級的畫面，我用了馬賽克遮護。上面寫了一個小小的「鳥」字，貼在你的下腹，避開了暴露器官的誤會和尷尬。但我想，這些剛剛才聽過老鷹生活故事的孩子們，勢必已留下一個深刻的記憶。在今天之前，他們絕對無法想像，我們的島嶼，還有這樣繁複的鳥類生態內容，以及你那不可思議的簡樸生活。

這是我第一次以老鷹和你為主題，講演給少年們聽。一邊講著，想及多年來大家投身野外鳥類觀察的艱苦，最後情緒不免激動地難以平撫。講演結束，一邊收拾簡報器材時，手竟還在抖動呢！

結果有位同學提問，「這位鷹人還在嗎？」

這一看似尋常的簡短發問，我彷彿被閃電擊中，呆愣了許久。對了，你現在在哪裡呢？

九〇年代初，我們在外木山山頂初遇。那時你已捐家贈產，該丟即棄，能捨便割，一身清淨。家裡除了望遠鏡和腳踏車，幾無任何貴重的家當。

未幾，在基隆觀察老鷹一年後，你更毅然地宣布了未來二十年，還要投身「老鷹大夢」的調查。這個充滿孤絕精神的發心，讓我更清楚，你將以老鷹做為一輩子追探的目標，繼續奉行刻苦的生活，努力成為自然僧。

猛禽是所有鳥類裡，觀察最為困難的族群。若沒有長期經費的奧援，又家徒四壁，你如何終年旅行野外，支撐這二十年的生活呢？我想這些對一個毫無物質慾望的人來講，都是雞毛蒜皮的小事，絲毫不值得擔心。孤單一人，也沒什麼好牽掛的。

或許，你更在乎的，應該是未來的觀鷹歲月，你會發現什麼？

其實，我很妒忌你。欽羨你能夠如此安然自得，我卻必須在物質壓力下，苟苟營營地忙碌生活。直到年過半百，方才釋懷人生的捨與得。

No. 128

二十年前初識，我心裡即懸浮著一個很大的困惑。我始終想問你，為什麼在年輕時，同樣被老鷹所吸引、啟發，我們卻走向不同的自然世界？

我比你早一個年代邂逅老鷹。那天是一九八〇年元月三日下午。身著海軍少尉白衫黑禮服的我，依軍令所約，抵達海軍總部報到。總部隨即派了輛公務車，載著一批少尉軍官，逐一送到所屬的單位。那天軍用吉普車先把港邊單位的軍官一個個運送完後，最後只剩下我，被載到港口末端的左營東一碼頭。

吉普車在我下車後，揚長而去。只留下困惑的我，和一個大背包，站在空蕩蕩的碼頭。臨行前，開車的水兵還向我用力敬禮，一邊大喊，「報告長官，我奉命載到此，您的軍艦在外海操演，隨時會回港。」

隨時會回港？我聽到後，當然不敢隨意離開。一個人在碼頭上徘徊，時而掏出軍隊配給的香菸，坐在纜樁上，邊抽邊遠眺著遼闊的海洋。遠遠的海平線上，灰濛濛的，毫無可見物。再回頭看，離我最近的一名水兵，猶如一隻晃蕩的小狗，在地平線遠方無精打采地來去著。我想在那時空下，全台灣沒有比這裡更荒涼的地方了。

老鷹(黑鳶) 2007

等了一個多小時，還是未等到軍艦，可又不敢遠離。那天是年節實戰操演的訓練，軍令如山，萬一軍艦回來，我卻不在現場報到，真不知會發生什麼可怕的事。再怎麼疲累，都得繼續苦候。

日頭逐漸西斜，天色迅快灰暗，我反覆地起身，來回踱步一陣。再次坐回碼頭的纜樁，支頤，打盹，發呆。

突然間，地上有陰影掠過，頭頂甚而有一股陰冷的小風。我嚇了一跳，慌忙抬頭，只見一隻枯褐色身影的猛禽，正全力張開破敗而老舊的羽翼，緩慢地滑翔而過。每根羽翼上的羽毛，都清楚地露出鮮明的色澤和有序的斑紋。

那龐然的身形，也猛地給了我突如其來的壓力。我當下對牠並未有飛翔的輕盈感覺，反而是巨大而深沉的生命壓力。尤其當牠凌空而

我在海軍912軍艦服役，邂逅許多老鷹。（1980）

過，再緩緩繞回來巡視時，那犀利眼神所散發出來的目光，緊緊地勾住了我。那不是在跟我打招呼，而是把我整個人的靈魂，以大頭針穿過甲蟲般，牢牢地釘死在紙板上。

過去，我不曾見過野外飛行的猛禽，但牠實在離我太近，羽翼形狀和頭嘴，都直接讓我聯想起，那就是老鷹。

牠隨即又盤旋一回，再次向我貼近，彷彿在檢視我的身分。儼然像前些時，教育班長高傲地睥睨著我，一個菜鳥的受訓者。

完整地飛過這一圈，牠不再搭理，一個轉身，拍撲到港口上方，安穩地翱翔著，似乎企圖從港口裡尋獲食物。過一短暫時辰，在海面玩了一陣，大概無聊至極了，再回來俯瞰。

這一回又比先前更接近。如此逐漸靠攏，讓

我的好奇愈為添增。仰望了許久，竟有著微妙的貼心感覺，好像牠是久未聯繫的友人，在我心靈最需要安慰時，適時地出現。

正當我陶醉著，而且有些興奮，說不定牠會把我當成柱子，在旁邊停下來歇腳時，突然間，聽到船笛聲大響。我彷彿自大夢中醒來，猛地望向海邊，赫然發現，一對龐大的灰黑軍艦，正在駛回港中。

我猜想，那合該就是即將報到的912軍艦了。趕緊起身，快速整裝，準備迎接軍艦的回來。等我就緒，佇立碼頭，遙望著海面時，這才注意到，適才翱翔的老鷹不見了。不遠的地方，一座柴山龐大地坐落著，我猜想，莫非是飛回那裡歇息。

日後，這艘我等候報到的軍艦，成為當時台灣驅逐艦的首要旗艦，航向許多外島和台灣的港口，諸如高雄、蘇澳等大港。我亦陸續在那些地方，遇見了其他老鷹。尤其是基隆，數量最多，經常三四隻低空盤旋。

當軍艦泊靠那兒，當我值更時，每回漫長的四小時站崗，最常巡視到船頭觀看。我最喜歡，牠們不斷地逼近艦首的無所畏懼和好奇，彷彿我是牠們的故友。

一年之後，自海軍退役。退伍隔天，馬上加入台中的觀鳥團體，開始野外觀察，牠們無疑是啟蒙我的鳥種。

十年後，你的啟蒙跟我一樣，也是這種老鷹。

在歐洲大陸許多的寓言傳說裡，老鷹是最蒼涼、堅毅，且具有神祕氣質的鳥種，鷹眼如神之凝視，具有穿透生命本質的能力。分類學家也推論，牠們是早年演化迄今的舊時代物種。羽翼彷彿承載著古老的智慧和靈性，在我們前面樸實地滑行而過。

我隱隱然感覺，你一定深信不疑，而且還被這種幽微的神性啟蒙，日後才大徹大悟，對生活價值有了新的見識。

那是九〇年代初，你回到基隆老家一所護專教書。每天早晨，學校操場舉行升旗典禮，你從那兒望著老鷹飛向基隆港。降旗時分，再沿反方向折返。你很好奇，這些老鷹從哪裡飛來，於是便騎腳踏車追蹤。

老鷹在天空飛，你在地面以腳踏車追。沒想到，台灣確實有老鷹繁殖。才一個多月，你這位識得不多的菜鳥，在日以繼夜的追查下，竟是最早的記錄者。其中幾對的巢穴，就在情人湖畔的外木山。更沒想到，那也是台灣最龐大的一批老鷹家族，最後的家園。

老鷹啟蒙了我的一時，卻改變了你的一生。

這批十年前，或許我已經在基隆港守望的猛禽，以及牠們的後代，透過你的不懈追蹤，揭露了一個我們過去從未知悉的生態世界。牠們日覆一日的進行交配、遊戲，以及團體生活等繁複的行為，也都在你的鎮日觀察報告裡，逐一被詮釋、解構，或再重新定義。

同時，你也因為老鷹的刺激，萌生了一個探索自然教育的理念。離開外木山後，我們再次相遇的機會並不多。有一回，在烏來山區，我們分別闡述兩種自然教學方式，跟一群老師切磋生態觀察的心得。

你的教學方式跟我認知的經驗，剛好截然相反。

我一路解說，採用的是自然步道解說的內涵。當時我服膺著這種知性旅行，沿著森林的小徑，告訴老師們每種植物跟漢人和原住民的生活關係。這套觀點和教學方式，當時應該是自然觀察的顯學。後來的社區營造、地方文史工作者迄今仍偏愛這種教育內容，不斷地教導社區孩童和家長們，摸索這類知識的內涵。甚而學以致用，研發出今之文化創意產業最期待的，有形無形的物件。

你的教學方式恰恰好相反，完全不帶一點知識的訊息。只帶老師們靜靜地走在林子裡，要他們去擁抱撫觸大樹的溫暖。去細究一朵小花內裡的奧祕，去想像一顆石頭的生命形狀。或者，坐下來，甚至仰躺在地面，觀看天空，聆聽森林和溪流的聲音。

你的教學很接近美國自然教育家柯內爾的唯心理念，強調心靈感官的接觸。但隱約還是有一種經過這塊土地長期洗禮的經驗，不會盲目地全盤接受美式的自然教學。

那天結束後，我困惑地思索著，兩種截然不同的教育方式。私底下，我對於你的教學策略充滿疑慮。在晚近試圖從自然追回童年，追回過往價值的教育理念裡，我也極度懷疑，多少孩童和師生願意跟你刻苦勵行，奉行這等質樸、單一的現世生活。你給的是未來式，但我相信多

二十年來沈振中專注地守望著老鷹，且奉行簡樸生活。（沈振中 提供）

數人追求的是過去的自然。

果然，日後我不再聽聞有任何學生，願意長期跟隨你在野外旅行。我所帶領的自然教學，卻不曾在台灣自然教育的摸索過程裡缺席。只是我的教學對了嗎？學生有因為這般成長，認定生活的價值嗎？

隨著時日的延長，我發現自己，漸漸厭倦太多知識的羈絆，只想單純地欣賞外在的世界。當孩子們逐漸長大時，我也才了悟，他們要的自然，最好就是什麼都不給他們，只要徜徉就好。就像一群羊，漫無限制地放出去吃草。若他想留在柵欄裡，我們再來探問，他要什麼。或許，我繞了一大圈，最後遇到的，會是你最初堅持的接觸方式。

後來我知道為了追尋老鷹，你不斷地

在台灣旅行，甚而漂蕩到亞洲各地，凡有老鷹蹤影的國家。我們島上的老鷹分布，你更清楚的掌握資訊。詭異的是，掌握愈清，你也愈被套住。

這種遠古的靈性之鳥，似乎成為你的同胞，不，變成了你的導師。你不只拋棄物質生活的種種物件，連生活都變得很老鷹。以簡單生活為原則，你向老鷹學習大禮，不時以牠們的生活習性看待事物。這些以垃圾為主要食物的猛禽，彷彿提示了多數人類不曾體驗的，深層生活的奧修之道。

以老鷹為師，你開始赤腳在街道行走，領悟不穿鞋走路的刻骨銘心。別人追求赤腳的健康養生，你想摸索的是赤腳帶來的生命情境。赤腳當然更讓你的裸體思考，奠基更為堅實的生命情境。你的習慣赤裸愈加坦然，不畏世俗眼光。

四下無人時，我或者會在森林全身脫光，在溪裡裸泳。但上了岸，過沒一陣，總感覺赤裸是多麼的沒有安全感。被文明馴化的我，急切地想穿上衣服，遮掩我內心的惶恐不安。

我沒問你，但我相信，一個人急切地把全身衣物脫淨，渴望著裸身於自然，勢必有種慾望，想要百分百地回到最初的環境。唯有在全身赤裸，光著肉身，長時處於開闊的原野，才能更踏實地面對自己。

說透了，你的前世根本是隻老鷹，只是今生不幸輪迴，來到世間當人類。有朝一日，你還是會回到你的族群。每次當你卸光衣物，毫不忌諱地站在廣大的荒野，面向自然時，我相信那是最真誠的呼應。

快二十年了，「老鷹大夢」即將屆滿，你還會繼續觀察吧？你的赤腳行走、裸體生活，還會持續嗎？或者會更加驚世駭俗，選擇一個更為孤獨而冷僻的理想，繼續執著地摸索下去？以我對你的粗淺理解，這些疑問其實根本不該出現。下一回的「老鷹大夢」，相信你早已命定，繼續要一個人孤飛。

你會繼續站在一個孤高的危崖，像你的同胞和族群，繼續以蒼遠古老的姿勢，以我這一輩子都無法企及的高度，在台灣的天空盤旋。

沈振中摸索著與自然合一的奧義，或許，老鷹正是他的前世。（賴麒泰 攝影）

戈壁來的呼喚

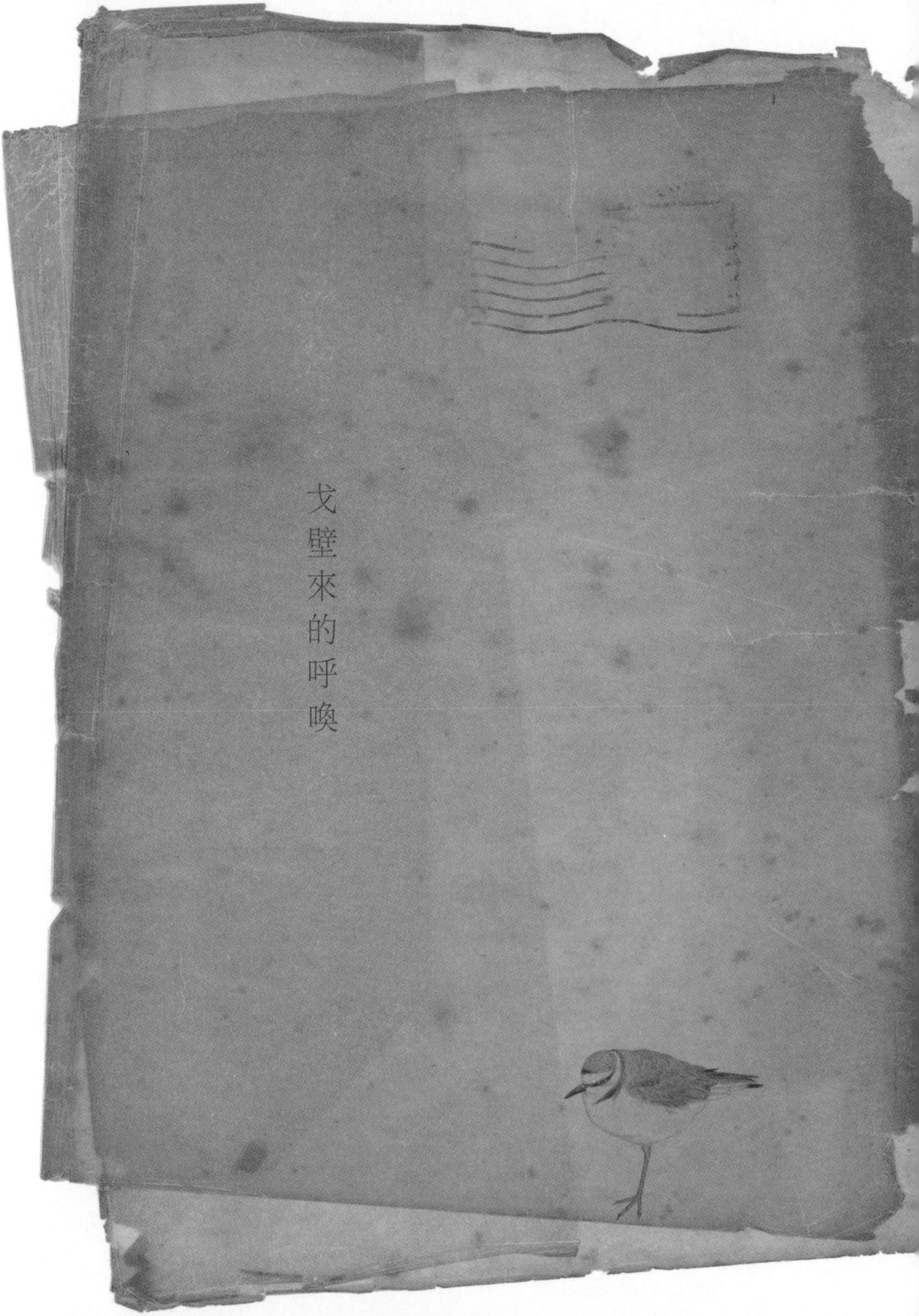

還記得李希霍芬嗎？

一九八〇年六月十七日，你在羅布泊的沙漠迷途，被五十度的高溫狂曬著，瀕臨死亡之際，有無想過這位羅布泊的定位者？

隔年暑夏，當你在沙漠失蹤一年後，我在淡水河口北岸，頂著太陽，走進沙丘時，隨即想到了這位來自普魯士的著名地質專家。早在深入羅布泊前（1861），他也來過這兒，寫了一篇北台灣的地質報告。

那年，普魯士組了一支調查隊，準備效仿英國，在遠東覓得一處類似香港的港口。當時，鎖定的目標是台灣。李希霍芬的職責是實地勘測，供給遠在西方的祖國遴選。李希霍芬在北台灣完成勘測後，呈交了一份翔實的考察報告，對台灣稱讚備至，但他的調查並未被採納。

在遺憾和憤懣中，他退出了調查隊，卻也因這次的離去，日後宿命般地投入中國西北疆域的地理探查。早你一百多年，在這塊遼闊死寂的戈壁，追尋著自己的夢想。

但在我的腦海裡，他的出現一如那篇地質論文之匆促，只閃過短短數秒。接下來，揮不掉的，還是你的身影，一位中國近代地理探險家的悲愴。

你已作古，並未來過台灣，我們亦不相識，如此狀態，為何還寫此文？我一時也難以說清，只覺得自己生命裡，潛藏著一股微妙而複雜的情緒，非跟你訴說不可。

在淡水河口北岸旅行前夕，我已經聽聞你的事蹟。最初，你出現在中日兩國電視台合作的《絲綢之路》影片。在喜多郎空蕩、略帶哀傷的新世紀音樂裡，我看到了早年絲路的壯麗風景，也崇仰著你探查樓蘭古路的精彩成績。當時，無知、懵懂的我，已偷偷地萌生一個心願，嚮往著有朝一日退伍後，能夠前往那兒冒險。

來過淡水河口北岸的李希霍芬，也是絲綢之路的命名者，或許是這個微妙的因由吧，當我走進這座沙丘時，再次想起你。

到底你我之間有何關係？原來在你失蹤前夕，我正服役海軍，曾冒險寫了一封信，輾轉透過回香港工作的大學同學寄給你。在信裡，我天真地打探，是否允准一名台灣的年輕人，在未來的時日裡，加入你領導的調查隊伍。

那封信寄出後，始終未有回應。沒多久，我便得知了你的失蹤。一九八〇年五月，當我轉託同學，寄出此封自薦信時，你正帶領一支探險隊，前往羅布泊考察。六月十七日，你因缺糧缺水，獨自一人到沙漠裡找水，此後就杳無消息。

對照時日，我相信，你一定未收過這封來自台灣的信。日後，我也放棄了絲路的冒險。但我的退卻，並非沒有獲得前往的機會，或者是因了你的意外失蹤，而是另一個因素改變了我的初衷。

到底後來發生了什麼事呢？

這兩座當年殘留於沙崙的碉堡，是我當時觀察東方環頸鴴的基地。（1983）

當然跟這座海岸的沙丘有關了。隔年暑夏，自海軍退役後，我開始走進這處沙丘觀察。冬天時有回寒流來襲，海岸如極地幽黯的凍土帶。強勁的海風吹灌下，潮汐線幾無任何動物，石滬更因滿潮而淹沒於海面下。我肩著背包，全身緊裹著衣物、圍巾和帽子。每道海風都挾雜著鹽沙，銳利地針砭著皮膚。我只敢露出雙眼，吃力地走在海邊。你常在沙漠裡，背負著吃重的行李前進，想必更能感受，這種被風沙吹襲的刺痛。

艱苦地走了好一陣，正懷疑如此淒厲的海風下，還有什麼生物時，突然間，前方出現了一個小小的黑影，約莫老鼠般大小，佇立在灰濛濛的潮汐線上。

我好奇地接近，赫然發現，竟是一隻鼠灰色的小水鳥。牠單腳佇立，頭埋入背羽。偶有浪花的碎沫，滾過腳前。當所有水鳥都飛往內陸，躲避海風或覓食時，我著實不懂，弱小的牠，為何仍挺立在這兒，甘願接受冷冽寒風的吹刮。

那種驚奇，我相信你亦能明白，就好像在戈壁上遇見一隻狐狸般的困惑。你會訝異，到底是什麼驅力，讓一隻小狐狸千里跋涉，越過幾無生命跡象之戈壁，抵達你的營地附近。

當時我邂逅那隻小水鳥，心中浮昇的便是這種疑問。隔天，再到此地，繼續看到一隻，依舊單腳佇立在潮汐線上。

牠側著身，以尾羽的方向對準了東北季風，減輕了受阻的面積，好讓自己能站得更加節省體力。很顯然，牠也想避開寒風的吹拂。當我逐漸接近，距離二三公尺左右。牠機警地放下另隻腳，往前跑動一小步，隨即停了，縮腳如前。很明顯，試圖和我保持距離。

我停了好一陣，再往前踏出一步。牠也往前，繼續維持這等安全的間隔。又過了好一陣，我再踏出一步，牠又挪移向前。我們就這樣一大一小，一前一後，亦步亦趨，在寒氣凜冽的北海岸，孤單地相伴著。

初時，邂逅這種小水鳥，印象深刻而有趣，但還沒有強烈的感動，或者下定決心，想要在那兒長期滯留。

小水鳥的吸引我，是緩進式的。

後來，我研判，牠的長期滯留海岸並非巧合。當所有水鳥避開東北風，飛進內陸時，少數這種小水鳥的單獨佇立，其實已經告知了，其習性

裡，必有一潛藏的因子，在其他水鳥不願意忍受海風侵襲時，牠卻願意坦然面對。

我在那兒觀察到春天。

有一天清晨，當我又走進沙丘，馬上敏感而纖細地察覺到，西南季風開始吹刮。經過一季寒冬，重新被這種季節風溫煦、和善地吹拂，總是特別振奮，我想水鳥們的心情亦當如此。這也是遷徙的訊息，許多水鳥都將搭此季節風，加速北返的腳步。詎料，牠非但未走，在眾鳥集聚石滬加緊覓食時，反而花更多時間，走進沙丘裡，數度展現類似麻雀沙浴的蹲伏動作。

牠的蹲伏讓我頗感震懾，一來牠並未像多數水鳥展現北返的意圖，二則竟然選擇在如此炎熱乾旱的環境繼續棲息。我不免進而揣想，難道牠會在炙熱的沙丘產卵？

異地內化，在一些世界知名的探險人物身上，我們常拜讀到這樣糾葛的旅行情境。這隻小水鳥的詭異行為，竟激發我朝這一生命內涵，理解自然間的某些特例。日後，牠在沙丘上還遇到了伴侶。我的臆測果然也無誤，真的產卵了。從此，我前往沙丘的次數更加密集。

沒想到，西南風不盡然是舒適、和悅的氣流，只帶來生命繁衍的訊息。

有一次，西南風大吹，沙石鎮日翻滾。沙丘上舉步維艱，我試著把鉛筆丟到沙丘，不消半分鐘即埋沒。我很擔心小水鳥的安危，努力走到臥巢的位置。沒想到，竟目睹了一個震驚的畫面。

其中一隻，竟在狂風吹襲中，堅持蹲伏在沙丘最高點的巢區，臥著蛋，不願離去。以當時暴風捲沙的侵襲態勢，如果牠不起身，沙石就會迅速將牠和蛋淹沒。

以我對其他鳥類的認知，牠應該選擇棄巢，先行離開。等風沙平靜之後，再試著回來看看。但牠繼續堅守著。很快地，風沙將牠淹沒一大半，只露出頭頸的部位。牠繼續閉目，靜若磐石，不願離去。

我蹲伏在不遠的沙丘，著急地觀看著。有一度，真想衝上去，將牠搶救下來。但最後還是隱忍住，繼續尊重自然的法則。

沒多久，不幸的事便發生了。我眼睜睜看著牠，在眼前不遠的沙丘上，被風沙吹沒，寂然地消失。我深信，牠是抱著巢蛋一起不見的。

我一邊椎心地看著。很奇怪，那時還是想到你。想到，當你最後身陷在沙漠裡，面對死亡進逼，毫無援助時，你會想起什麼？

你還未失蹤前，透過大陸電視的廣泛播映，你早已是中國著名的探險人物。在一封寫給郭沫若的信裡，你亦慷慨激昂地提到：「我，彭加木，具有從荒野中踏出一條路來的勇氣。我要為祖國和人民奪回對羅布泊的發言權。」

失蹤以後，你更成為民族英雄了。最近我去絲路旅行，走訪了好幾間博物館，裡面都鐫刻著你顯赫的探查事蹟。你的名字被置放於玄奘、法顯和林則徐等歷史人物之後。

你還活著時，我偶爾拜讀你的文章總強烈感覺，字裡行間滿腔熱血，一付沛然莫之能禦的民族意識，潛藏著百年來的歷史屈辱。同時，一股堅決的傲氣，跟你的生命意志緊密結合，也一起縛綁在中國地理探險的大纛上。

季節風起時，跟我一起背風佇立的東方環頸鴴族群。（1983）

中國近代最富傳奇色彩的知名探險家彭加木。

郭沫若稱許你為「科學雷鋒」，我想你是欣然接受的。當時的氛圍，以你的學養知識和探險能力，再肩負豪情壯志和國家情愁，才是值得追效的英雄。像李希霍芬之流，不過是史坦因、斯文赫定等探險家的前輩，挾其殖民帝國之力量，命定地功名成就，但探險的才質猶待檢驗。

我也相信，死亡對你猶若鴻毛之輕，從來就不是你探查任務時必須煩惱的課題，或者必須嚴肅面對的。但我卻不是這樣的人，在野外遭遇挑戰時，難免心存猶疑、茫然。

有一回，我在爬山途中，遭遇土石流的侵襲。那天豪雨不斷，前面是斷崖，一群山友在後面的林子邊緣，等我回報。

我在前方探路，突然間一陣土石流從上方湧出，頓時如大河奔騰，將我和隊伍岔開。大雨中，我的眼鏡模糊了，看不清前方，手上捉不到任何支撐的物體，更找不到往前的山路。

我僅能以雙手雙腳謹慎緩慢地探觸前方。萬分緊急之時，也試著努力呼喊，但除了轟隆的雨聲，根本聽不到團隊的回應。更糟的是，未幾，回應我的竟是另一波土石的崩落，從頭頂的稜線流瀉而下。自己活像一根漂浮的流木，隨時會被吞沒，或沖走。

那不過是一處台北盆地的郊山，我因山勢不高，出發前做了輕忽的決定，未帶任何防寒衣物或救生設備。這等危急萬分時，偏偏又雙腿發軟，力氣亦放盡。也不知因害怕，還是寒冷，不斷發抖著。我很少這樣，鬥志全無，直覺自己完了，回不去了。

但不過瞬間，很奇妙的，或許是長期浸淫在山林，我的心情也在那時放空。心想橫豎一死，就讓自己是人類在此破壞山林的祭品吧。只默禱著，萬一自己走不回去，希望土石流能完整帶走。

那樣的死亡心情，一點也沒有得失的計較，也沒什麼壯志未酬的遺憾，反而有著逆來順受的平靜，準備接受自然的召喚。所幸，後來土石流並未繼續沖刷，我僥倖地逃過一劫。

我站在嘉裕關，眼前佇立著班超、張騫、玄奘等雕像。

今年春末，我站在絲路的陽關上，遠眺著層層如巒嶂的浩瀚戈壁，想像著你最後的死亡之旅。

當你迷失在沙漠裡，那最後的掙扎，會不會如同我的懦弱？在山裡遇到小小的死亡威脅，就悄然地屈服，放棄了堅決生存的意志。充滿國仇家恨之歷史情感的你，跟自然搏鬥多年，會接受這種宿命的安排嗎？這是我年輕時，也是我年過半百後，繼續的困惑。

我亦不知自己觀察的小水鳥，最後抱著蛋，在風沙中埋沒，牠心裡想的是什麼。那一年看著牠的寂然消失，看著牠堅決眼神的最後畫面，我還是聯想到你，想到你一定會握緊拳頭，自沙土中悲壯地伸出。

如今回顧一輩子的鳥類觀察，日後常在台灣的沙岸遇見小水鳥的同類。早年目睹其中一隻的臥蛋和消失，我彷彿已釋然，不再耿念揪心。關於一個人的死生，時間久了，就像站在廣漠的石礫地，凝望星子低垂地平線的閃爍。好像這樣的懷念，也就夠莊嚴親切了。

或許，從半甲子前，我認識你這位英雄時，就一直在離開你。而當我年紀半百，已經離你很遠了，才又遽然想到你對我的撞擊。

但這時，這樣縹緲而扼腕的回憶裡，敬慕恐怕早多於崇仰了。

附記

★李希霍芬（Ferdinand von Richthofen，1833～1905）德國地理學家。一八六〇年到一八六二年，前往亞洲許多地方，諸如錫蘭、日本、台灣、印尼和緬甸等地。一八六三年到一八六八年，在美國加州進行地質勘查，發現了金礦。一八六八年到一八七二年，四年間走遍了大半中國，命名了「絲綢之路」。在近代地理學領域中，占有一席之地。在世界各地的地質紀錄與觀察報告，更備受學者推崇。斯文赫定為其高徒。

颱風的子民

一九八九年春末，法國人類學者李維史陀的經典著作《憂鬱的熱帶》中文版終於在台問世，想必那時你也收到了這本厚達五百多頁的書。只是這本書的譯者，我們的摯友王志明，早在兩年前即已辭世。

從報紙得知，你又進入災區救災時，你的關懷舉止，突然讓我無由地感傷，無由地懷想起這位共同的友人。

志明在世最後幾年，常圍繞其周遭的友人大抵知道，為了完成這椿卷帙浩繁的翻譯工程，他皓首窮經地翻查各種資料，更經常廢寢忘食地與時間賽跑。最後翻譯告終時，自己的生命亦如油燈燃盡，跟我們告別了。

我們悲傷地為這位英年早逝的友人，舉辦了一場隆重的喪禮。公祭結束，記得你跟好幾位原住民友人，都繼續留下來守候。我和攝影家謝春德等人也在旁相伴著。

大體進入火葬場火化時，眾人圍成半圈，你帶頭唱起〈大武山美麗的媽媽〉，為這位值得尊敬的漢人送別。我也約略知道你和幾位族人，捨不得離開的因由。

那些年我跟志明一直在報紙副刊共事。深受人類學知識啟蒙的他，常跟我提及自己最感到恥辱的是身為漢人。有一回，他興奮地拉我到外頭，告訴我，自己已經歸化為排灣族了。然後，抽顫著手，取出一張小紙條讓我瞧，「你看，這是我的原住民名字！」

很慚愧，我那時看得迅快，只記得叫「壹」什麼「士」的三個字，直覺取得不甚雅氣，還跟他說，「好像可以更原味一點。」

他兀自收起紙條，不再跟我解釋，只說，「這是有典故的。」

我一直忘了問你，他在世最後幾年，明知自己身體不堪負荷，仍熱心地參與「原權會」的工作，努力地協助你們尋根，找回族群認同的尊嚴。最後連自己都歸化為你的族人。但你還記得他的排灣族名字？知道那個名字的典故嗎？

他的大體火化後，骨灰安葬在新店山區的海會寺。我們各自持了一片殘留的小骨骸，依著自己對他的懷念，各奔東西。

當天深夜時，我和謝春德等友人帶著這片小骨骸，攜往北海岸的白

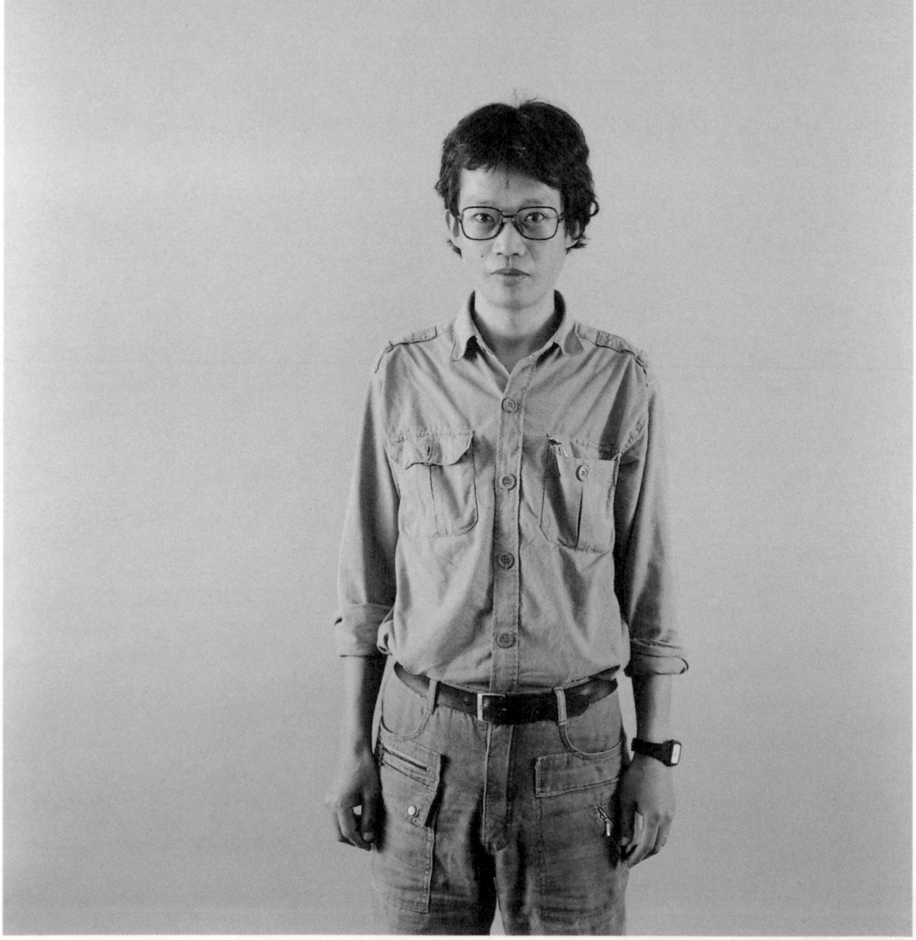

充滿人類學視野和人道關懷的王志明，影響當時許多友人，包括了我。（謝春德 攝影）

沙灣。我們做了一艘紙船，把那片小骨骸放在上頭。

接著，我們下海陪這艘小船出海。那天外海波光粼粼甚是平靜，天空亦是繁星點點，很適合泅泳。我是流著淚慢慢送小船出去的，心裡還愚騃地默禱著，希望它一直飄，化為座頭鯨般的生命，飄到他攻讀人類學的北美西岸。

我這麼詳細地敘述，這段護送小骨骸的過程，主要也是很好奇，那夜你們南下後，是否也把小骨骸帶回老家，埋葬在大武山？或者更遠的東部後山？

我更沒想到，自從那回葬禮一別之後，再相聚時都已年過半百，經常不勝唏噓的年齡了。那時我也才更清楚，你繼續跟志明一樣，還是滿懷人道主義，繼續以歌聲在為弱勢族群奔波。

八八風災一發生，從報紙得知，你又進入災區救災後，我再仔細回想，志明辭世以後，這一二十年來，每次偏遠的地區發生天災，似乎都有你的身影。

可我想像著，你愈來愈稀疏而蒼白的頭髮，還有移動緩慢的肥胖身子，不免驚疑而擔憂，你到底有多少體力能支撐。再者，那兒不可能有一架鋼琴，不可能有音樂舞台，你是否失去了理智，現在去幹嘛？

從電視的跑馬燈得知，這回你去搶救的不再是別的地方，而是你和志明的老家，南部山區。莫拉克颱風帶來了半個世紀以來最為巨大的天災。你的孤身返鄉，更讓我想起不久前認識的一位少女。那是一場文藝營的盛宴，我鼓勵同學上台，嘗試回憶生命裡銘記最深的經驗。這位少女，你來自大武山的族人，敘述了這一驚心動魄的故事：

我是一位單親家庭的孩子，跟隨父親長大，家裡還有 VuVu（排灣族語，祖母之意）和弟妹一起生活。父親平常在城市打零工，賺錢養家。回家時，偶爾會去森林打獵。為了賺取更多生活費，VuVu 還在自家後面的旱地，種了些芋頭和小米。

有一天，父親喝酒時跟 VuVu 提到，最近去後面的森林，很難打到獵物，過去很少這樣。森林太安靜了，讓他心裡有些不祥的感覺。VuVu 還安慰，村子在這裡已經一百多年，不會有事的，也許過一陣子，動物就會回來。

沒想到，不過十幾天之後，颱風突然來襲，下了整夜的大雨，房子不時有天搖地動的感覺。父親去鎮上工作，始終未回來。我和弟妹非常害怕，緊靠在VuVu旁邊都不敢睡覺。

半夜，我們聽到急促的敲門聲，還以為爸爸回來了，高興地開門。沒想到竟是村長穿著雨衣，狼狽地到來。村長憂心忡忡地說，雨落得太快，河水高漲，村子通往外頭的橋都沖斷了。

村長很擔心這兒的安全，苦勸我們去學校的禮堂，跟村人聚在一起。但我和VuVu都拒絕了，爸爸不在家，我們以為更有責任留下來，看守房子。村長離去後，風雨愈加狂暴，我們才開始後悔，沒有聽村長的建議。

這時我們又聽到撞門聲，急忙把門打開，竟是家裡養的母山豬沙布。沙布為什麼沒躲到自己的小木屋，不顧風雨地跑出來呢？我從窗口眺望出去，赫然看見，沙布住的小木屋，早就被土石流掩埋了。

說時遲，我和家人嚇得趕緊打開門，顧不得外頭風雨交加，便跟著沙布往外跑。但往哪裡去呢？我們原本想跑向村子，但沙布竟奔向另一

頭的森林。我們不由分說，跟了過去。沒想到，跑不及半百公尺，隨即聽見轟地一聲爆炸，更多的土石流從山頭崩落，像洶湧的巨浪迅速奔來，吞掉了我們的住家，淹沒了一切，沙布竟也在逃離的路途中不見了。我們全家很僥倖地跑上一塊森林的高地。

清晨雨過天晴後，我們站在高地遠眺，村子已經消失。除了大樹附近還有森林殘存，整個山谷滿目瘡痍，彷彿被轟炸過的殘跡。所幸土石流已經停止，公路似乎搶通了。村人陸續出現，爸爸也滿臉憔悴滿身傷痕和泥巴，安然地趕了回來。

沒多久，村人決定搬遷到這塊森林的高地，重新搭蓋房子，我們家也一樣。爸爸知道我很懷念沙布，還加蓋了小木屋，準備日後再去森林找一隻小山豬。

奇蹟似的，過沒多久，沙布竟出現了，身邊

還多了三隻小山豬。VuVu高興地跟我說，沙布願意回來，還帶了孩子出現，表示這兒一定是安全的地方，我們可以安心了。

這位少女把親身遭遇的浩劫，自然的神奇靈性，描述地繪聲繪影，充滿文學戲劇性，當下獲得了滿堂彩。我初次聽到更是激越地稱許，但私下難免有些不敢置信，多少還懷疑其中有些巧合，尤其是山豬回去找她們的結局。

少女描述的山域，正是李維史陀在《憂鬱的熱帶》裡偏愛的相似環境，仍保持原始的豐富樣貌，人類文明尚未過度拓墾。

莫拉克颱風一掃過，這些淨土也出狀況了，我不時盯著電視，看著相關的新聞報導。幾十年田野奔走，這些南部的山村，幾乎都有熟悉的友人和家園。那些年，有很多回我都是帶著一台志明留下來的相機在那裡旅行。

那是一台Nikon廠牌，FM系列的老式機種。我跟他同事多年，發現他最感興奮的兩件事，其一是準備翻譯《憂鬱的熱帶》，另外就是買了這台相機。

王志明病故後，遺留在我手邊的Nikon相機。

大概年輕時生活拮据買不起相機，終於購買了，他還笑著跟我說，以後可以常跟我出去，好好地在台灣的山區部落旅行。帶著它，我感覺志明仍在自己身邊一樣。

看著莫拉克颱風的慘狀，我不禁取出這台傳統相機凝視。那時才驚覺，許久未用，它已經發霉了。數位時代到來，傳統相機像滅絕的恐龍，全都封在貯藏櫃裡，不再使用，這台老古董更不例外。我取出拭鏡布，小心地擦拭著，一邊繼續看著電視的畫面。

我很害怕在螢幕上，看到災民傷心欲絕的哭喊形容，卻又忍不住，瘋狂地快轉頻道和畫面，生怕漏掉哪一個人的消息。那幾日，每一個殘破的地景，都讓人難以壓抑心中的悲憤。每一村的悲慘故事，彷彿都是一把山刀緩緩劃過自己胸口。

那幾日，全心注意災害播報時，很意外地，我也看到一則小林村的故事。一位青年衝出來，抱著一隻小黑狗，堅持讓牠坐上前來搶救的直升機，一起下山。他激動地跟記者說，這隻狗靠著天生的本能，在土石流來時預先示警，搶救了四十四條人命。看到這則新聞時，我終於相信那位少女的描述了。

隔天，我抽身南下雲林，教導當地青少年文藝創作。每回颱風到來，這處濁水溪以南的平原，總是島上受創最為嚴重的地方。這回很僥倖，幾乎安然無恙，但颱風尾還是掃進斗六街道，帶來滂沱大雨。颱風遠離第四天了，我們待在課堂，還是清楚感受到它的餘威。

上課時，我不免以颱風為例，講了幾則相關的災變故事，包括那位少女的。同時，鼓勵同學們，身為颱風的子民，何妨也試著回想，自己是否曾有類似的生命體驗。

前來受學的，都是十四十五歲的少年。南部的孩子往往比較害羞，怯於發表意見。我鼓勵了好一陣，才有一位從角落緩緩地舉手，願意走到講台上。這位少女是這樣開場的，「我要講一個辛酸悲慘的故事，假如你們不敢聽，請摀上耳朵。」

她這一說，每個人反而更加專心，充滿了期待。結果我聆聽到了，那幾日來最震懾的感人故事：

這是我四歲時親身經歷的往事。

那時我和家人住在集集。有天晚上，突然間天搖地動，整個鎮好像都在崩裂。我們家位於大街上，原本有四層樓高。經過劇烈搖晃後，重重倒塌，擠壓成一樓。

當時地震一發生，爸爸和媽媽馬上緊急應變，迅速地把我們三個小孩全推入一個鋼製的堅固家具裡躲藏。但那櫃子太小，只能擠入三個小孩，爸爸和媽媽被迫待在外頭。

結果牆壁倒下來時，爸爸的腿被壓斷了。隔著殘破的屋瓦，我們聽到淒厲哭喊的慘叫聲。但爸媽還是堅忍傷痛，因為擔心餘震，隔著土堆還大聲提醒我們，絕不能出來。果然，沒多久又有一回撼動，家裡的鐵門斷然落下。媽媽為了搶救爸爸，奮不顧身，衝過去以背擋住墜落的鐵門，但爸爸的手還是被壓斷了。

我們家全埋在土堆瓦礫中，不知經過多久，靠著每個人的努力挖土，終於扒出了一個小洞，露出光線。全家再循著洞口，逐漸挖大，慢慢地爬出了街道。

這時整個鎮上，好像被轟炸過一樣，四處都是倒塌的房舍和死掉的人，除了雙黃線的道路還有行人勉強來去的空間，其他都夷為廢墟了。我們看到許多人在燒冥紙祭拜死亡的親友。不少地方還畫了人形的白圈，表示此地仍有人埋在地下，極可能已經罹難。

我們爬出來的位置，也有五個白圈。原來鄰居以為我們全家都死了，才畫上去的。

那少女從開場白後，幾乎是一路哽咽說完的，很多同學眼眶都溼紅了，連我都為之鼻酸，不知如何接續回應。但最後她強忍悲痛，講出了動容的結尾：

「我們原本什麼都沒有了，但很感謝整個社會的關懷救助。十年了，爸爸雖然只剩下一隻手一隻腳，但他努力工作，扶養我們。我們家很窮，但他設法讓我進入這間私立學校，希望我好好讀書。我知道，我會堅強下去……」

今年也是九二一地震十週年，德夫，一個月前，你和一夥歌手友人，遠到埔里桃米村，舉辦了紀念演唱會。

每位歌手都分文未取，僅領微薄的車馬費義務前來。想以自己的歌喉獻唱，追悼這一個不幸的日子。埔里是當年受災最嚴重的地帶，當地人記憶猶新。你們帶來溫馨的歌曲琴聲，再次撫慰當年的受災者。感動的鎮民也激動地給予你們熱烈掌聲。

這一回風災，沒有鋼琴沒有舞台，更手無寸鐵，你當然不可能親手協助救災。跟過去一樣，我想你一定以為，人在現場最為重要。自己是公眾人物，回到那兒跟族人站在同一條線上，就有其精神指標的意義。

你因而一如往昔，在族人最需要外援的時候，跟他們站在一起。看到你這回的行動，我不免想到在桃米村那一晚，你感傷地說，「只有我們這一代，才會這樣認真的回憶苦痛吧！別人大概不會了。」

其實，我也有這般的惶恐。趁著莫拉克颱風的來去，我嘗試透過講課，提醒孩子們，苦難正在發生，但傷痛會帶來成長。別忘了，我們是颱風的子民。每年都需要雨水，灌溉家園的農作，但也常被過度的雨水無情地挫

一生漂泊的胡德夫總是堅毅地為原住民奉獻。（謝春德 攝影，2010）

傷。這堂大自然開設的必修課程，每一個世代都無可避逃，都會遇見好多回。

那幾日，我彷彿李維史陀提到的雨林巫師，敘述了好些過去的災害故事，一邊撫慰他們的不安，一邊帶領他們思考，如何友善的對待土地，面對未來。我特別把最近邂逅的這兩則，與你分享。一則是你族人的，一則是我鄉親的。以前都是看到你像志明一樣恓惶奔走，儼然我們這個世代身影的孤單。但從這兩個故事，我隱隱然感知，下一代其實已經悄然站在我們身旁面對挑戰。

我們以為他們是草莓族，只懂得網路世界，虛擬的時空，失去對土地的信仰。其實，在一年比一年強大的自然災害中，他們不斷遭受撞擊，或許會比我們想像的還要堅強，更懂得，審慎面對重生。也更懂得，這座島的宿命。

反觀我們這一代，在愛護土地這堂最基礎的課程，好像無法徹悟。大自然透過一次又一次的災害，不斷提示我們，但我們彷彿不知謙卑，繼續以科技的思維領導未來。啊，造成土地受傷的人，其實沒什麼資格訓示下一代。還自負的擔心，歷年來建立的美好價值，會在未來消失。我們最大的悲哀是，喪失了一個巫師的預知遠見，也喪失了山豬的靈敏。

相對地，這兩則少年的真實故事，對待生命的樂觀，對未來的期待，都讓我有種微妙的鼓舞。無疑地，地球逐漸暖化之際，他們將會面對更大的自然反撲，更大的生命挑戰。

面對這些孩子，除了至深的抱歉，我只能期許自己，在化為塵土之前。跟你一樣，還有志明那般，縱使熱情綿薄，細瘦如你們的取火植物九芎，我都會竭盡地燃燒。

彷彿枯死的九芎，竟在海邊的漂流木裡冒出了新芽。

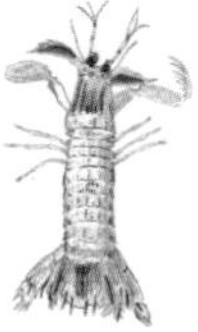

3

伸港來的阿嬤

從小就常看著，往返台中鹿港的彰化客運，行經老家前的公園，熱絡地在繁華的三民路上奔馳。怎知時移勢轉，此客運營運三四十年後，台中都會的重心逐漸遷移到七期重劃區。如今在這條舊城區的幹道上，想要遇見此線客運的機會減少了許多。

雖說班次銳減，行至烏日時，還是有駛入高鐵站的班次。只要算準時間，大抵還算方便。有一天中午，我欲前往高鐵，搭乘的就是這條路線。

那次搭上客運後，車上已有三四位老人坐在裡面。我選了一個靠窗的單排座位，甫坐定，只見隔著走道的雙人鄰座，有一位阿嬤正在打理包裹。基於旅行習慣，我禮貌性地跟她打招呼。問候時才注意到，阿嬤座位旁，擺置著一根磨得泛出亮光的大扁擔，還有一只如彩色斑馬紋的家計袋仔，以及一個白色斗狀的小帆布袋。

這等行頭一看即知，呵，那是我們中南部，鄉下人外出遠行，討賺生活必備的物件。日正當中，遠行的家當都帶出，我不免好奇，阿嬤接下來的行程內容。尤其是，在這條我嫻熟多年的路線上。

關心之意萌生，當下便問道，「阿嬤，透中午，這麼熱，妳要去叨位啊？」

「要回家啊！」遇見陌生人搭訕，阿嬤的回答很簡潔。

「啊，妳是住叨位，還帶了家計袋仔，這麼辛苦？」我繼續小心地探問。

「我住在伸港，等一下要在彰化轉車。在最後一站下車。」

啊，伸港！我不自覺在心裡默喊著這個地名，隨即產生一陣微妙的悸動。半甲子前，我退伍時，最早賞鳥的地點就是這裡。它位於鹿港之北，大肚溪口之南。一塊土質貧瘠的海岸郊野，耕作條件不佳，居民生活也很簡樸。頓時間，我隱然感覺，自己和阿嬤有一種熟稔的在地關係。

「啊，妳怎麼這麼勤快，跑到台中來玩？」我半開玩笑地說。

「唉，生活這麼艱苦，做生意都來不及了，怎麼敢四界玩？」阿嬤被我這樣親切的一逗，答話也就多了。

「妳擔貨到台中賣嗎？」我繼續噓寒問暖。

「是啊，我固定在第五市場賣海產。」

「我也常去那裡買菜，怎麼不曾遇見啊？」

「我都在賣鵝肉那一攤隔壁，靠樂群街，每個月還要給租金的。」

「喔，那邊我較少過去，我都在忠孝國小後門這頭買菜。改日，我若再去買菜，一定去妳那邊跟妳交關。」

她聽了，笑逐顏開，頷首點頭。一邊繼續整理衣物，似乎生怕自己穿得不夠整齊，有失禮節。我細瞧她的腳，一雙平底鞋上的腳踝，還著了膚色絲襪。

這一不小心聊熟了，兩個人的關係又更加趨近了。

從伸港海邊到台中來賣海產，著實遠了些。我不免好奇，她到底擔了什麼？隨興又問，「妳賣什麼海產呢？」

她從家計袋仔取出一袋蛤仔，「這是今天賣剩的，準備帶回家自己吃。」

我稱讚道，「這麼漂亮肥大的蛤仔，我若不是要去搭高鐵，一定跟妳買。」

她聽了甚是得意，話匣子繼續開啟。原來，她每早固定從伸港搭公車到台中。以前在建國市場和民生市場，賣自家種的蒜頭好一陣，後來固定落腳第五市場後，改為販售海產，不知不覺已過了二十個年頭。如今七十有三，身體依舊硬朗如昔。

第五市場是台中歷史悠久的傳統菜市場，戰前即繁華地存在。很多老台中人都以麻雀雖小五臟俱全，形容它的完整和豐富。比如我母親，在此買菜多年，仰仗慣了，還真離不開。縱使到其他更具規模的菜市場，她老是有一種疏離感，好像別的菜市場總缺少了些什麼。

這般挑剔，說穿了，我以為是慣性的問題。在第五菜市場，哪個攤位的老闆比較阿殺力，哪個比較龜毛，買了近四十年，母親可是瞭若指掌。因為小，她輕鬆就能掌握。

我們所熟知的第五菜市場，顧客主要以公教人員為主，跟攤販間往往會形成一個穩定的買賣關係。很多人都是看對眼了，貨源取得穩定，品質亦有保證，就長期依附此攤，不再隨興遊走。

伸港阿嬤能在此擺攤，長久做買賣，相信熟客一定不少。老主顧勢必都信任她賣的是伸港當地的海鮮，不是大陸貨，也不會隨便以外來

阿嬤提著賣剩的蛤仔，自信地展示給我看。（左）
阿嬤害羞捂住臉，不好意思讓我再拍照。（右）

的海產魚目混珠。他們以綿長的時間，悄然建立了一個緊密的信任關係。很多人都會預約訂購，好讓她事先準備。

除了蛤仔，她還賣什麼呢？隨興一聊，她順口唸出了玉仔、蟳仔、刺仔和蚵仔。還有白玉蛤，最貴。後座的歐巴桑見我們聊得起勁，插嘴道，「伊的蚵仔雖然小粒，卻是本地的。最新鮮，不是大陸貨。」

阿嬤唸出這些海濱生物時，不免又讓我想起當年觀察的歲月。初時在那兒晃蕩，駐守海岸的士兵瞧我一身暗灰色軍服的打扮，始終懷疑我是走私偷渡客。等熟識了，竟也懂得用碉堡裡的望遠鏡找鳥。看到我來時，還興奮地請教我泥灘上一些水鳥的名字。

那時代觀測水鳥的單筒望遠鏡仍相當缺乏，我手上僅有一部雙筒望遠鏡，還是購自台中港的水貨。不犀利也就算了，掛在脖子甚是笨重，端望久了更常頭昏眼花。總之，在岸邊持此一物，還不足以辨識長相近似的水鳥種類。

多數退潮的時間，我被迫深入廣闊的泥質灘地，在蚵架林立的海灘，豎起一塊暗色的木板做為遮蔽，在那兒漫長的蹲守。等待水鳥群的慢慢接近，才能清楚觀察牠們如何覓食。

有時蹲久了，水鳥還未接近，反而是等到下海撿拾文蛤或捕捉魚蝦的老嫗老翁。他們看到空無一物的海灘，怎麼會有一個龐然的物體矗立著，不免好奇地走過來一探究竟。等看到是我這樣的賞鳥人，縮頭縮臉著，更加驚奇世間怎麼會有這樣無聊之人，如此鬼鬼祟祟的蟄伏。

也有那麼一二位總是埋首工作，根本不理會我的存在。有時就漠然走過我身邊，繼續低頭專注地看地面，好像把我當成蚵架或者漂流木。

但有一回最教人感動，一位老翁駕著黃牛車，大老遠從地平線過來，一直駛到我旁邊。看我一副被寒風吹得快結凍般，貼心地問要不要坐上去，他可以載我回海岸。

水鳥素來怕人，總是保持一段遙遠的距離覓食。老人們的踽然到來常讓我心驚，每每好不容易等到水鳥接近了，結果他們一挨近，水鳥都拍翅遠離了。

阿嬤露出金牙的開懷笑容，突地又讓我回想起這些和那些老嫗老翁們，黧黑而皺紋密生的滄桑面孔，還有樸實無華的個性。說不定當年我遇見的那些人，也有她認識的呢！

在這兒賞鳥時，我正熟讀瑞秋·卡森女士幾本有關北美海岸的書籍，隨即也注意到此間海岸的問題。因而開始撰文，積極地呼籲搶救這塊大肚溪口潮間帶的溼地。

當時非常擔心垃圾的恣意傾倒，濱海工業區的盲目興建，火力發電廠的設置等毫無環評的把關。這些問題若懸而未決，將導致海岸生態的嚴重失衡和破壞，許多潮間帶物種的快速消失。

那兒如今如何了呢？時隔這麼久，我意外地遇到了來自伸港的阿嬤，專門以販售當地海產維生。她能天天從當地坐客運到台中販售，顯見當地海岸生態一定持續穩定，方能提供不絕的貨源。

我美好地想像著，那兒合該還有一個生態完整而豐富的海岸溼地吧！要不然，她如何持續賣了二十年呢？相較之，我對早年自己和友人在此呼籲保護海岸的過往感到寬心，卻又強烈地浮昇羞慚。

愧疚的因由是，當時自己發揮的力量相當微小，而且批評完就離開。日後並未針對這些海岸環境議題，持續提出長期監督的建議，更無任何實際具體的改革作為。至於寬心的又是什麼呢？很顯然，在我們離去多年後，此地並未淪陷，成為工業汙染的不毛之地。

我研判，日後勢必有當地的自然生態團體，認真地推動海岸的環境保育，才可能使此地倖免於破壞，繼續維持半甲子前的豐富多樣。

這些環保人士是誰？我並未繼續追問，只是專心地細算她講的海產，發現少了一種動物，於是不禁再探問，「咦，怎麼沒有賣蝦猴呢？」

「現在蝦猴很少了，又不准隨便捉。」阿嬤嘆道。

「蝦猴不准捉？」我不免困惑，隨即反問，「但鹿港還在賣啊？難道你們這裡有保護？」

「當然有，我弟弟現在被政府聘僱，做看守員。」

她這麼一說，我更為驚訝道，「妳弟弟？」

阿嬤有弟弟，想必是接近她的年紀。果然，只差了二三歲。

看來此地還是面臨了海岸物種消失的威脅，但我研判，政府可能在地方環保人士的催促下，採取了措施，僱用當地無工作的老人，看守以前經常被捉捕的動物。阿嬤的弟弟是這樣被錄取的？

於是我更好奇地探問，「以前妳弟弟是做什麼的？」

「捉烏魚的。以前寒流來，烏魚子可以賣很好價錢。現在烏魚被大陸對岸捉得厲害，野生的變少了。他只好來當看顧蝦猴的。這工作雖沒什麼賺頭，但卡實在啦！」

烏魚少了，這涉及的是兩岸的漁業問題，太敏感了，

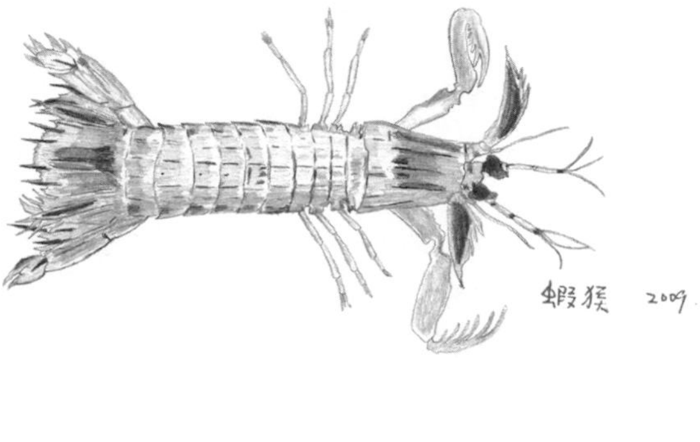

我只能先顧及台灣海岸的生態。心裡則繼續湧昇一陣自責和茫然。沒想到早年自己呼籲保育的地方，後來都是靠著在地的中老年人胼手胝足，維護住既有的家園。我這樣隨興遊走的，多麼該被檢討呵！

高鐵站到了，我必須下車。下車時，特別再跟阿嬤致謝，若沒有她的介紹，我如何學習這番生活智慧呢？往後的日子，不知何時會再念及這塊年輕時啟蒙的溼地啊！

阿嬤挑著在地當令海產的出現，無疑地飽含著某種生態永續的意義。更在在調侃了我的只說不做，著實該好好反省。若未搭乘這班路途遙遠的客運，大概就不會遇到這位伸港海邊來的阿嬤。我也意外地在客運上，學到了多年前親臨現場，還不一定看得到的海濱生活。

短短不到半小時的車程，我彷彿回到半甲子前的伸港，而且收穫良多。下車時，對這班從小即熟稔的公車路線，因而有了更加難以抹滅的情感，也更加懷念那大肚溪口南岸的小村之種種了。

茗濃溪上游的小村

高中不是一所學校，是一個部落。

一個前不扒村，後不著店的布農族部落。它隸屬於高雄縣桃源鄉，村子旁只有一條南橫公路經過。

光是這兩句形容，大家恐怕還是不知道確切的位置吧？但我若繼續描述，應該就有個地理概念。從村子往正西方，翻過一座中海拔高度的大竹溪山，就是八八風災時遭遇最大災變的小林村了。

不過，這二村子間沒路可通，若要從小林前往高中，勢必得下抵甲仙，再循著南橫公路北上，先經過寶來。但沒人這樣旅行的，多數遊客抵達這處荖濃溪泛舟的起點，眼看前方山高水險，大概都不會有意願再往前了。

百年前英國攝影家湯姆生（J. Thomson，1871）深入六龜旅行，描述地理環境時，寶來仍是布農族人的領域。那時平埔族人輾轉移居到六龜，總是驚悸不斷，深深畏懼著這一內山強大族群的威脅。如今寶來是漢人拓墾荖濃溪的最後一站，商業蔚然的媚俗觀光氛圍，比旁邊的大溪更容易浮溢街衢。

若過了寶來，南橫公路開始蛇樣蜿蜒，盤繞著陡峭的山區，真的沒什麼商家和生意。縱使想要繼續深入旅行，經過此地也絕不會多停留片刻。一路上，只有幾處緊促、窄仄的休憩亭子，三兩間沒有多少遊憩內容的民宅。多數的轎車都是倉促地經過，急著駛入南橫公路的高山峻谷之間，或者是趕赴東海岸的蔚海藍天。

連出生在此的年輕人都不想久留，寧可到城市裡找工作。這段山路泰半陡險曲折，唯有一些稍見平坦的凹山隙谷，便散落著高中部落的人家。如今居民以布農族為主，間有一些客家人，以及內化為布農族的南鄒族人。平時的村子裡，老幼婦孺為多。

十年前，為了追尋湯姆生的行跡，我曾經冒失地到來，停駐了一個午後。此村盛產梅子、山芋、山蘇、地瓜之類，並無特別的經濟作物。後來，我跟一家水果攤買了當地的芭蕉吃。販售的中年婦人，還帶著一對未上學的兒女。每天一早，她便在村子前擺攤，通常整天下來，只有零星顧客上門。她有大半時間照顧兒女，兼及打罵。

問了好幾人，都知道達摩瀑布，還有一處小溫泉外，就數不出其他重要的景點。那時村人也還沒什麼觀光願景，整個部落死氣沉沉。活著的唯一可能，似乎就是等待遷離，或者消失。面對著婦人的淒苦無助，還有小孩的無辜與稚氣眼神。很難想像，當年西方旅行家走訪此間山區，看到平埔族人聽及此一族群時，充滿驚恐的害怕形容。

但當年，平埔族人的那種畏懼憂疑，反過來也微妙地激發了西方探險家的好奇，進而想像這一族群的壯盛，甚而揣測著這座山區或許蘊藏著什麼吧！早些時，另一位行徑爭議甚多的英國探險家必麒麟（W. A. Pickering，1865）冒險到茎濃，在自傳式的旅記《歷險福爾摩沙》裡，便再三提及尋找肉桂等可能的香料植物。

抵達茎濃溪上游時，他也邂逅了一個奇特的景象。一位居住東部的施武郡群布農族人，剛好帶了六位戰士來訪。他們披獸皮著紅衣，一身華麗盛裝。同時，攜帶了熊皮、鹿皮和獸肉等物資，翻山越嶺到此交易。部落裡的婦人和小孩忙著打點豐盛的食物和飲料，準備招待這些遠到的來賓。此地乃登玉山群峰之徑，更是東西族群交易的重要驛站。

四年前，我跟隨一群建築學者前來評量社區營造。根據參訪的緣由，這座先天條件不良的村子從未洩氣，一直認真摸索生態思維。他們選擇村落旁邊的塔羅流溪，做為自然保育的示範，嘗試帶動新的觀光可能。

布農族人盛裝歡迎我們到來。

為了迎接遠到的貴賓，高中部落裡的人穿著布農族禮服排成一列，整齊站在緊鄰著南橫公路的塔羅流溪邊。還有一些婦人則背袱著孩子，在入口的涼亭準備餐飲。

我頓時又想起了，百年前探險家在此山區的見聞。只是我們並未喝酒跳舞，也未進行任何致詞，而是由族群裡的耆老和嚮導帶領著，先上溯塔羅流溪，觀察當地的自然保育狀況。

談起原住民部落的護溪行動，大家都會想到九〇年代初，鄒族人在山美村達娜伊谷溪，展開護溪護魚的成功案例，現在不少部落也積極仿效著。達娜伊谷溪的保育，除了巡邏防獵，禁止毒魚外，還選定河段，築起溪石護堤。等溪裡的苦花多了，成為優勢族群。鄒族人又擔心魚群的食物匱乏，還定期餵食。

苦花通常很怕人，愈大尾，愈愛躲在岩洞深處，不易發現。一旦大咬上勾，拉扯特別帶尾勁，溪釣

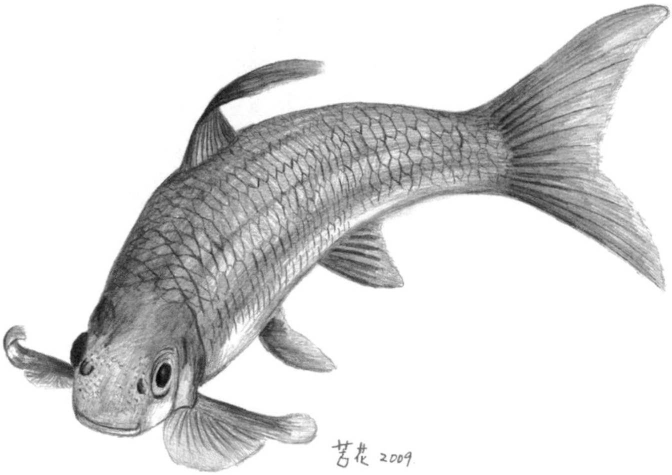

者常視為過癮的挑戰。但達娜伊谷溪的苦花，早已養成大相逕庭的習慣。當觀光客站在溪邊，總會看到成千上百的溪魚，毫無畏懼地湧現。若帶了飼料餵養，更會形成魚群競食的壯觀場面。

高中部落為了保護塔羅流溪，防止外人偷偷進來捕獵，照例會輪番派人巡邏，但他們並未採用達娜伊谷溪的模式，寧可保持溪岸的原貌。大自然把這溪沖刷成什麼樣的環境，就保持那種風貌。

在溪流較深較湍急、不易跨越的位置，他們只搭起一座簡易的竹橋。其他過溪之處，完全利用溪石，踩跳而過。沿著溪岸，他們也未特別鋪設任何的石階，而是以

高中部落沿襲傳統，只搭建簡易的竹橋跨越溪流。

人踩出的小徑為主，整理得較為寬闊。整條溪，只有在迎接我們的橋邊入口，蓋了一間休憩的大涼亭。

沿著森林蓊鬱的溪岸往山谷走去，我一邊走，正思考著這樣的建設如何看待時，旁邊一位學者悄悄靠過來嘀咕，「劉老師，你是懂自然生態的，一路什麼建設都未看到，跟其他原始溪流一樣，怎麼看待呢？」

這一問，害我頓時放緩腳步，走起路來若有所思。繼續往前，除了溪魚，整條溪也是蝶道。一些空地上集聚著各種蝴蝶，忘情地吸食礦物質。我再次想起百年前，英國博物學家郇和（R. Swinhoe，1864）在南部看到蝶群遷移的驚人畫面。往這小山谷抬頭，也有各樣色澤的蝴蝶，沿溪上空來去，或在林冠上層翩翩起舞。

霎時被陽光刺得瞇眼的我，滿意地微笑著。再低頭下望溪流，仍未看到任何一尾大魚。只有一些像大肚魚般長度的小魚，在溪邊游來游去。這樣清澈的溪水怎麼會沒魚呢？我駐足岸邊，左俯右瞰時，一位盛裝的中年嚮導走過來，「想要看魚嗎？」

我點點頭。

他隨即解釋，「為了證明溪裡面的確有大魚，我現在要做一件很不好的事。請你原諒我。我平常是不會這樣的。」

他這一說，我愣了一下，摸不清楚意圖，卻只見他從口袋中掏出一塊麵包。撕了一小片後，輕輕拋出。

麵包片一著水面，原本躲在岩石下的肥大溪魚快速湧現，彷彿餓了百年，競相過來搶食。麵包片被啄食不見了，魚群隨即消失。再丟一次，爭搶的驚心畫面再度出現。這裡的魚群似乎很害怕人類駐足。

盛裝的嚮導謹慎地擲出一小塊麵包，吸引苦花。

但我瞄到了，好些魚在快速翻轉時，側腹閃現大片的銀白光影。還有不少龐然而圓滾的蒼黃魚背，數度破水而出。那閃逝不及零點一秒吧，但一看即知，啊，是苦花。色澤充滿野性的苦花。

達娜伊谷溪的苦花，熟悉了人群丟麵包的習性，總像錦鯉般貿然群聚溪岸，甚而也一齊張口，等候嗟來食。但這兒讓我回到了傳統山川的環境，表面看不到任何生命動靜，彷彿死寂一片的溪澗。

隨手一擲麵包的畫面，過去在山林尋常遇見，原本沒什麼，但經過部落嚮導這一充滿歉意的理性敘述，緊接著，再看到苦花們的野性演出，我暗自驚悸，感動不已。

沒想到，非人類為中心的深層生態學理念，在此已然落實。更吃驚的是，部落裡的老人都能解說一些溪流環境的知識。很顯然對於溪流的保護，這裡已經達成一個共識。或者，傳統狩獵文化裡更深的環境奧義，部落族人又有一番體會。保育溪魚或溪流生態，並不是純然為了觀光，而是共生，依循自然的腳步循環。

其實進入南橫的山區以後，隨便停車，往任何一條溪流探看，相信都是清澈無比，兩岸森林原始的風貌。但長年生活在一條溪旁邊的部落，如何利用溪流，就值得檢驗了。高中的布農人們擁有如此成熟的自然觀，我想這樣的共識，或許比一條溪流的長年清澈，更是無限珍貴的資源吧。

走完溪徑，村人在涼亭表演布農族著名的八部合音，以及狩獵祭的舞蹈。八部合音和諧的自然美聲舉世聞名，不少布農族部落晚近便受邀到各地訪問，甚至出國巡迴表演。但此地位處偏遠、貧瘠，再者人口有限，八部合音的水準恐無法達到一般專業要求的水準。他們只因為有貴賓到來，因而努力想把自己最好的一面展現出來，一如擺在我們眼前的簡單食物。

表演完後，好幾位婦人背起幼兒，小心地綁好包裹，匆匆離開。不知是趕回家去煮晚餐，或者繼續採收李子的工作。留下來的多半是耆老

塔羅流溪沿岸森林茂密，盛開黃花的山鹽青是過去布農族重要的代鹽植物。

和解說嚮導，誠懇地期待我們提供一些外來的永續看法，切磋如何經營部落的環境。

若未在此生活個二三年，我們怎敢有建言呢？這一窮困的部落，顯然無法保存昔時的榮光，卻也未期待大量遊客的到來，毫無保留地把家園闢為觀光遊憩景點。他們只是簡單地活著，想要有尊嚴地活著。

宣揚、承傳和重新尋找傳統祖先生活智慧的原住民部落，晚近愈來愈多，但願意深入理解生態意涵的原住民部落，大概就不多了。遙遠而簡窳的高中部落，卻默默地在努力實踐，著實教人尊敬啊。

但莫拉克颱風時，小林滅村，周遭部落亦遭受嚴重傷害。經此巨變的高中部落，是否願意再如此和自然對話呢？

斷續從風災新聞報導中，得知高中殘存的消息後，我翻箱倒櫃，搜尋過往的筆記，還找到一些零星的行旅小品。稍事修潤後，先在部落格發表，闡述這種溪流保育觀。結果有一陌生的讀者懇切地回應，其文敘述如下：

「傳統祖先的生活智慧跟新生態意識之間常有不謀而合之處，不一定是背道而馳的兩端呢！

好多年前在那幾個村子做調查，記憶很深刻。村子裡受訪的老人家裡一貧如洗，還要養一個智能不足的孫子，但靦腆的他，竟然為了我們兩個素不相識的客人殺了一隻山雞，讓我們非常過意不去。晚上，他就參加老人的聚會一塊唱八部合音，唱的專注認真，生活的艱困彷彿在融入的歌唱裡得到祖靈的祝福和撫慰。」

很感謝這位讀者的回應，讓我更加了然部落的決心和堅持。生活可以貧窮，但那不是生命的唯一。一個人如是，一個村子亦然。

莫拉克颱風後，一切歸零，從頭開始的高中部落，面對毫無建樹的塔羅流溪，相信更能體會箇中道理的。因為簡單慣了，因為一無所有，他們會繼續堅持吧，我真的如此深信著。

冬天的怪婆婆

別以為偏遠的茅屋、森林裡的農家，居住的都是親切、淳樸的人。有些人離群寡居、憤世嫉俗，就是不喜歡陌生人接近。我們的出現有時像豺狼虎豹，其實是很不受歡迎的。

去年冬初，跟友人前往平等里爬山，便遇見這樣一樁值得深思的事。

那次有四對夫妻一起上山。過了溪，循一石階蹭蹬上行。未及一半，前方來了一對青年男女倉皇下山，看到我們即將往上攀登，好心又驚怕地說，「前面有很凶惡的狗，攔阻去路，無法往前了。」

我們研判，他們可能對狗的習性和認識還不甚清楚，姑妄聽之，仍執意上去探看。果不其然，還未看到石厝，兩隻大黑狗一起現身，遠遠地狂吠、示警。

我們更接近時，只見兩隻大黑狗的狺吠聲更加激烈。接著，又出現一隻大型的黃金獵犬擋路。我在前頭帶隊，慢慢地接近，蹲下身，仔細觀看那對大黑狗，雖然狀似凶狠，卻搖著尾巴。這一副態勢便知，牠們在裝腔作勢，只是擺出防禦性的威嚇，並非想攻擊人。

平等里以水圳著稱，愈往上游山區堤岸愈加原始，適合漫遊。（上）
平林坑溪是諸多平等里水圳的水源，魚路古道部分路段沿溪而行。（下）

我和友人繼而姿態低下，慢慢挨近。如此放慢動作後，狗群便減輕了敵意。再低聲細語地呵哄，三隻狗便快樂地搖尾，靠了過來，甚而接受我們的撫摸，全然安靜了。

這些狗護守的安山岩石厝，整理得相當潔淨。我特別取出相機拍照，再慢慢地靠近觀賞。不料，突地聽到一聲嚴厲喝叫的斥責之聲，「你怎麼在偷拍我的家？」

我聽到，嚇了一跳，循聲張望，只見一位戴著斗笠的老婦人，從旁邊的廢墟石牆探出頭來。我急忙上前解釋，表明拍照並無它意，只是覺得房子漂亮，建築結構很美，因而單純地想拍攝而已。

她依舊很不高興，嘟嚷了好一陣。隨行的一位女山友機伶地稱讚她，皮膚保持得很好，像年輕人。菜園也照顧得很好，葉菜類肥厚而碧綠。但她還是不領情，只是講話的口氣不再如此倨傲，充滿對人的疑慮。

前方有兩條山路，若循溪下蹬，可抵河床，若沿石階上躋，通往稜線。我們不知哪條正確，再向她請教。她卻一問三不知，不願意回答。

這棟一條龍式的安山岩石厝古色古香，也是我初遇怪婆婆的地點。

在無法獲得正確的資訊下，我們選擇了石階的山路，試著走上擎天崗。初時，石階沿著廢墟旁邊鋪陳，山路雖狹小，路況還算良好。走了好一陣，進入蓊鬱的密林。不久，路徑嘎然而止，眼前只見溪澗盡處絕壁高聳著。我們似乎做了一個錯誤的判斷。

大夥兒分頭摸索，皆探不著前行的路線，停下來休息一陣後，敗興地決定打道回府。這時，不知是誰注意到，旁邊的麻竹叢冒出了鮮綠的嫩筍。現在正是挖採麻竹筍的好時節，沒想到，荒郊野外竟能邂逅，自是興奮。一時之間，找不著路的挫敗心情似乎獲得移轉，大家試著挖撥泥土，肥碩的麻竹筍漸漸露出，眾人隨即欣然地以瑞士刀割取。接連挖了四顆，各自分裝，準備帶回家食用。

我們心滿意足地收拾好物件，下山途中，赫然看見老婦人帶著三隻狗爬了上來。手上還拎著一根挖竹筍的工具和麻袋。

看到此一場景，我心裡暗叫不妙，頓時才驚覺，莫非這深山裡的麻竹筍，正是她準備挖取的，卻被我們捷足先登了。

怎麼辦？我和一位山友商量，準備從實招認，或許這是她栽種的麻竹，應該跟她解釋，向她購買。但他認為這種狀態下，恐怕解釋不清了。還不如快點離去，以免麻煩愈擴愈大。

他快速地往下行去。我有些為難，跟了一小段，總覺得奇怪，再停下來。後頭另兩位山友也匆匆趕下來，我徵詢他們的意見，他們同樣覺得，老婦人脾氣怪異又倔強，恐怕難以溝通。狀況難料，還不如快走，免得惹禍上身。

眼看他們繼續往下疾行，我若回頭坦承割筍，未免無團隊精神。隨即，又覺得事情不應該如此處理，心頭頓生攔阻他們的意念。看看待會兒，是否在石厝停歇。等老婦人回來，再跟她好言解釋。

我正加快腳步下山時，只聽到狗吠聲再起，老婦人已在後頭追我們，高聲大喊，「賊仔！」

走在前面的兩人，慌得趕忙掏出竹筍，丟往山谷的草叢，以免被逮到時，人贓俱獲。他們覺得兩手空空，老婦人再怎麼凶悍，只要堅決否認，她也無可奈何。

這是我和山友誤挖的四顆麻竹筍之一。

他們好心勸我，快點把竹筍丟入山谷。我原本就猶疑，當下更不想這樣處理事情。霎時間也覺得不必害怕到這等心虛的地步。那些山狗的叫聲愈來愈近，我仍忖度著，不該如此判斷和假設，讓事情朝最壞的方向演變。但山友們繼續往山下衝，生怕被逮到。

未幾，老婦人憤怒的喝叫聲更加逼近了，我心頭湧上的想法卻愈加複雜。第一個念頭是，就算我逃掉了，此後能心安嗎？再者，這兒是我深愛的山區，以前常來此徜徉，難道以後就不來了？如果我今天這樣狼狽溜走，就算老婦人日後不識得，自己又如何回來面對這塊土地？

我又感傷地閉目細想，這回在野外挖取麻竹筍，不小心犯了錯，傷害了一個辛勤農耕的老婦人，若再刻意溜走，恐怕更難面對自己的良心。再者，自己經常教導自然觀察和生態理念，犯了這等錯誤，這又是多麼諷刺的事？以後跟學生們講演，我又何來顏面，義正詞嚴地大談土地倫理、生態環保。

頓時，我斷然驚覺，自己必須誠實地面對這樣的窘境，因而轉身回頭，決定跟老婦人解釋。一位山友走路較慢，正好走到我旁邊。我欲開口，打算告知自己的決定。不意，那老婦人下山速度奇快，沒三兩下，已追趕而至，氣急敗壞地直指著我們，繼續破口大罵，「賊仔！」

我倒是主動走向老婦人，準備解釋擅自割取麻竹筍的意外。那三隻率先在前，衝向我的大狗，看到我突地回頭走，反而嚇了一跳，急忙竄回去。老婦人一時收勢不住，直接撞向我，愈加生氣地大吼道，「走，跟我到派出所。我要告你們偷拿別人的東西。」

我急忙拜託她，不要如此生氣，容許我詳細地，把整個事情的狀況，一五一十地解釋。但老婦人完全不理會我的述說，硬是拉扯著我的衣袖和背包。落後的友人急忙趨前調解，耐心地跟她解釋這個無心之過。但她繼續大喊道，「背著背包，明明就是刻意裝登山，其實就是要來偷背麻竹筍的。」

我只好更低聲下氣，再次委婉地解釋。我們真的是來爬山，著實因為找不到路，陷在山谷，不意看到麻竹筍，以為是荒郊野外自己生長的，當時並沒想到是她的財產。

我心裡也暗自想，荒郊密林裡，那是否真的就是她的農作，恐怕都很難定論，但畢竟我們是外來者，無論如何，不該以為是野地，就隨便摘採。這個界限一踰越，本身就理虧了。

友人再掏出一千元紙鈔，表示願意購買麻竹筍。但她還是不領情地拒絕，嚷聲道，「你給我十萬百萬，我也不要。」

麻竹筍四顆，當然不會這麼貴。我以為她可能不願意多取，於是掏出五百元。她照樣拒絕，繼續怒吼我們的偷竊行為。

她還氣到隨手拿起一根地面的枯枝，做勢要打人。只是經過我們的善意解釋，不斷地誠懇賠不是，繼續好言相勸，阿諛她。又再次表示願意以高價購買時，她的態度才逐漸軟化。

但她堅持不收錢，繼續大罵我們這些不速之客。聽她這般凶悍地指責，我隱隱感覺，老婦人過去可能常受到登山人的騷擾，或者竊取過農作物，才會積壓這等負面印象。如今再加上這回的狀況，日後遇見登山人，態度恐怕會更加惡劣了。

我著實不願意，看到她對外來者繼續存有偏見，因而繼續和她溝通，希望她能知道我們的心意，接受我們的道歉。

最後她還是堅持，趕我們離開，不願意收任何錢。我們只好無奈地離去。但經過這回誠實善意的溝通，她雖然生氣，對登山人的行徑，應該會有另一番看法，了解這次並非惡意偷竊。我們願意面對這種錯誤，也展現解決的誠意。

她的古厝就坐落古道旁邊，隨時都有登山人經過，衝突恐怕還會再發生。我也暗自下定決心，下回來時，一定要帶禮物，跟她賠不是。我希望她知道，多數外來者是善意的，不會隨便破壞人家農作，或者取走不該拿的物品。

或許，她對登山人仍有惡劣印象，但我相信，慢慢地，她會知道，我們不只是在和她互動，也在跟山林對話。我們因為熱愛這裡，經常拜訪此地。因為看到她辛勤耕作，心裡洋溢歡喜。更因為心情坦蕩，日後走過這條山路，想必會愈走愈踏實。

新中橫的綠色家屋

過了山城水里，再往內山行去，只有一條台十六線。

這條山路的盡頭，井然二分，看似吉利的數目字也變了。綿長的台二十一線緊貼著中央山脈，但南北風光截然不同。

往北行，不遠處，日月潭坐落著，沿途開闊，景致明媚，一路好山好水。晚近熟知的一些新興的文化創意產業，或者社區營造的示範村落，這兒也散落了那麼好幾處。在此彷彿看得到美好的光景，也看得到未來的發展可能。

若折道向南，俗稱新中橫，道路突地變得窄小，窮山惡水，直通東埔，遙指神木村。過往新聞報導裡，雨季一到，凡新中橫，都是負面的新聞為多。山崩路斷、土石流橫阻等不好的印象，常攏集而來。

前個月，我臨時要去日月潭附近，拜訪社區營造的新景點，一時訂不到附近的，只好上網在就近的水里，找間適合的民宿過夜。初時我們以為，民宿就在鎮上不遠處。豈知，水里範圍甚大，非區區一小鎮之內涵。當我和內人摸黑駕車，尋路抵達台十六線的盡頭，發現不是左轉，竟而非得轉向新中橫時，二人頓時不安起來。

「可以退掉，說不去了嗎？」我一邊轉向，一邊遲疑地嚅囁著。

「可是人家已經準備晚餐，這樣太失禮了。」老婆口氣還是很堅決。

車子又開了三四公里。一路上，左側多為險峭的山勢，右邊則是開闊的陳有蘭溪。或許是接近山區，夜空不時急落暴衝的陣雨。月光下，溪水看似優美，但時斷時續的豆大雨珠又彷彿提醒著，山洪若爆發，隨時可能會有那種挾著巨大土石，浩蕩奔騰的駭人情景。

我們欲下榻的民宿叫老五民宿，坐落在上安村，一個叫郡坑的小地方。一般地圖上，還不一定註明。連我這樣經常旅行的人，久未走訪，對此地亦是充滿強烈的陌生和疏離。

車子抵達荒涼的村子後，只見街道暗灰灰地，彷彿已半夜多時。單面的一排街屋，幾戶人家露出鵝黃之小燈和電視螢幕的閃爍，映照著柏油路上溼答答的水漬之光。從抄錄的地址索驥，我們小心翼翼地沿一條小徑右轉，再陡下而行，彎繞至一河階台地才結束。這段更沒路燈，只能靠著車燈搜尋。夜色昏暗，我們雖然看不見彼此的臉，但勢必都充滿無奈，彷彿誤上了賊船。

按木牌指示，駛抵民宿規劃的空地後，四周盡是荒郊林野。我們不禁再納悶，想要下榻的民宿到底在哪？直到把行李卸下，又有一牌子指引方向，才豁然有了另一番新境。

眼前一條蜿蜒的幽深小徑，鋪著錯綜的石階，彎彎曲曲地伸入一座庭園。小徑旁並沒有路燈裝置，路面亦有些崎嶇不平。我暗自詫異，這些小細節都沒處理好，該不會民宿還未完工吧？還是老闆為了省錢而就簡？走沒幾步，才警覺，自己一時心急，大意誤判了。

只見不遠處溪聲潺潺，幾隻流螢緩緩慢飛，周遭蛙鳴亦不斷。若是小徑映射明亮的燈光，恐怕就無此風景了吧？而小徑刻意彎曲，保持原始風味，也有形成多樣風景的功能。我們再舉頭，林子不遠處，一棟二層樓木屋外貌的民宿坐落著，黑瓦白牆散發著和風味，彷彿風景明信片上的畫面。

主人似乎恭候多時，仍在一樓亮著鵝黃小燈的餐廳工作，有機的晚餐也早就備便了。這幾年在家習慣清淡安全的食物，外出旅行吃東西，甚是辛苦，尤其是走訪偏遠地區。沒想到這家民宿在網路上的宣傳，毫無誇張不實之處。二人一邊享用晚餐，自是開懷不已。

我們當初在網路上尋找民宿時，主要便是看到了自然農法的介紹，被此一信念而吸引，決定挑此夜宿。但那時還是半信半疑，可能只是廣告噱頭。現在不僅旅途的舟車勞頓終於卸下，連當初訂房的忐忑不安也解除。

桌上的晚餐內容如下：紅麴麵線、土肉桂佐破布子煨苦瓜、有機蔬菜沙拉、金針菇炒洋蔥、花生豆腐，以及梅子燉雞等。幾乎所有食材都採用當地自然農園的物產，或者以自家醃漬的食品做為佐料。這頓簡單而別緻的晚餐，從內容的選擇即可忖度出主人的理念和用心。

飽足後，走上二樓的客房休息，環顧房間內的擺飾果真無電視、冷氣，外頭亦無卡拉OK。一般民宿若是如此布置內容，相信遊客必定抱怨不已。但女主人一開始即提醒我們，希望旅人來此敞開心胸，多聆聽周遭自然環境的聲音，而非躲在房間內，觀看電視。我雖欣賞主人的信念，但不免疑惑，到底有多少旅客，願意選擇這等簡樸的民宿環境？

淨身後，下樓再拜訪女主人。她正在餐廳一角，製作多種口味的全麥饅頭。這項副業，如今慢慢地成為老五民宿的招牌。民宿在此偏遠位置，能夠吸引的旅客著實不多。他們因而發展手作食品，譬如饅頭、釀造醋、醃梅、梅精等，試圖推廣地方物產，同時增添些許收入。

飯後，通常民宿主人都會泡茶，請客人吃些小點心。如果客人願意聊天，他們也樂意分享自己的生活資訊，或當地風物見聞。

這間開業約莫十年的民宿，不只強調建築的家園美學，以及民宿的在地精神。更難得的，當然是懷抱有機的理念經營。過去我偶遇民宿主人，或有生態觀念甚佳者，嘴上喃唸環保，但往往力行有限。那天晚上，針對有機農作，我便進一步探詢莊主在此自給自足的理念。

女主人正在製作全麥手工饅頭，我們離去時，還買了好幾條。

原來，男主人姓盧，綽號即叫老五，從小在郡坑的鄉野長大。年長後，他到城市的銀行上班。女主人過去也是上班族，擔任山葉鋼琴的老師。後來，他們厭倦緊張而忙碌的都會生活，十多年前決定搬遷回老家。

這樣的返鄉背景，其實在台灣各地比比皆是，並不特別。但接下來的遭遇，似乎才值得反思。返鄉後，老五因為愛喝茶，決心從事茶葉的栽植。他先在日月潭畔購地種茶，起初也灑農藥，但他漸漸困惑，農藥真能治蟲嗎？小時候認識的害蟲現在依然生生不息，反而是農藥必須不斷推陳出新。更令他沮喪的是，家鄉早已質變，不再如兒時那般淳樸。

「其實這些都是有相關性的，因為人的要求太多。依照大自然的法則，農作物只能收成一半，但人全都要，就必須灑藥施肥，然後賺比較多的錢，再去買卡拉OK、喝酒……結果有比較好嗎？沒有啊！生活富裕了，精神卻變弱了。我們這兒的人年紀輕輕就中風，體態也全都走樣了。」沒讀過生態學的老五，從生活中累積的體驗，摸索著人和自然的相互關係。

他得到一個結論，大自然有平衡的機制，也決定栽植有機茶葉。只是當時有機之風未開，較高的售價使得茶葉銷售困難，沒想到又遭遇一場土石流，將茶園沖毀大半，迫使他走向民宿經營之路。

為何要蓋一間和風味十足的民宿呢？其實，老五只是懷念小時候的鄉村，期待有一棟色澤可以搭配自然環境，同時非水泥的建築。結果跟建築師討論後，搭建出了今日黑瓦白牆的模樣。如今不遠處，他自己和一些友人，利用工作假期，正在興建另一間屋舍，更充滿節能與環保精神。

也不只建築帶著綠色思維施工，連庭園維護亦然。比如，農莊闢建前原有一條長滿水草的彎曲圳溝，過去地方政府花錢疏圳，全部鋪上水泥，九二一地震時崩毀。老五自己開怪手清理，轉而以石塊重新鋪砌河岸，恢復水草多樣生長的世界。桃芝颱風來襲時，即使大水淹沒庭園，溪流仍安然無恙。老五笑說，比水泥還省錢。我們以為那是生態工法，但那時他根本沒涉獵多少生態知識，只是執著地想要恢復，兒時所看到的溪流環境，有溪蝦和小魚棲息。

還有草坪上，彷彿種植了許多園藝植物，其實不然。老五都堅持本地的原生樹種，搭配民宿的內涵。我們遠眺民宿猶如清靜典雅的京都別

黑瓦白牆的老五民宿乍看充滿和風味，房間擺設富有巧思且窗明几淨。

墅。細觀之，才知是充滿生態內涵，尊重物種的鄉土農舍。

隔天清晨，我們喝當地出產的羊奶，吃手工全麥饅頭和蔬果沙拉。原本一大早想趕去日月潭，因為喜愛整體民宿的環境，又好奇老五夫婦的理念，遂刻意再留一些時間，繼續和他們深聊。

我有一個不解，想從他們口中獲得答案。台二十一線貫穿的信義鄉，還有緊鄰此鄉的這裡，大抵是每回颱風時，屢屢發生土石流的地方，也是生態學者詬病，地質最為脆弱，山坡開發最為嚴重的環境。夏季一落雨，許多遊客都不太敢前來。他們為何堅持在此條件相當不利的環境經營民宿，還要宣導有機呢？

老五的回答很乾脆，因為這是祖先的家園，世代在此成長。

除了實踐自己夢想中的屋舍，他還希望帶動村人一起進行自然農耕，漸漸讓家鄉的土地變乾淨。經營民宿不僅能吸引旅客到來，購買當地的物產。透過直接接觸，農民發現愈來愈多消費者詢問作物是否有機，因而更會思考轉型。反之，拜訪產地也讓消費者認識作物的真面目。

依循昔時農村建造的老五民宿，每個角落都蘊含自然和諧之道。

老五夫妻要讓家鄉土地變乾淨。

保護土地也維護自己的健康，將來下一代才能繼續在此安身立命。老五深刻體認，有機無法一個人單獨完成，而是大家一起不用藥，整體環境才可能改善。

早些年，他在鄉間，聽過許多過度噴藥的可笑案例。比如，有人到葡萄園摘葡萄，當場吃了二顆，嘴巴就麻了。還有一個更離奇，一位小偷摸進農園摘果物，偷了一陣後，結果當場倒地睡著了。莫非是太累了？非也，而是周遭剛剛才噴灑農藥，小偷在裡面待太久，被薰昏了。

經過他的不斷勸說，身體力行，時日一久，周遭的鄰人也發現，有機耕作的成本反而比噴灑農藥低，又對身體好，遂逐漸認同他的理念，放棄了慣行農業的栽種方法。如此，一個接著一個，好幾戶都跟他站在同一條陣線。

於是，六七位志同道合的農民相互合作，在這片簡窳之地悄然地組成了上安自然農耕隊。他們嘗試以友善對待土地的方式，種出各種安全的蔬果和農產，宣揚生活中實踐環保的重要。

他們種的果實仍是附近的特產，只是梅子沒附近的青綠，葡萄亦不如豐丘的肥美。但這些農作對土地、對食用者、對生長在這塊土地和農耕的人，都是健康安全的。

以前我常疑惑，有機家園的夢想，在台灣會不會是紙上談兵？在這兒，在台灣最不安穩最惡質的環境，一個從鄉野摸索土地倫理的民宿經營者身上，我隱然看到，這等彷彿不切實際的高遠理想，早已在默默地辛苦摸索，而且是從民宿的經營出發。

八八風災時，信義鄉再度遭到土石流重創，水里亦遭波及。坐落陳有蘭溪畔的老五民宿，還有農耕隊還安好嗎？後來得知此地無恙後才寬心。諸多熟悉的災區，卻特別關心它，無疑地，我們早把這裡，這棟偏遠小村的黑瓦白屋，當做生命裡很重要的旅次之地，也認定是未來偏遠山區理想家園的指標。

家山

有時，我常有錯覺，這座猴山岳山腳的小村，仍停滯在清朝末年的時空裡。

隨便哪個角落望去，整齊有致的茶園散落多方，好像文山包種茶猶處於一個當道的熱銷年代。只有走近細瞧才知，好些荒蕪的田埂延伸過去，茶欉間都有蔓草野藤雜生其間了。

我則習慣在村前的大榕樹起程。不知為何，跟村人一樣，走到這兒，都會先停下腳步，檢視裝備，再抬頭環顧遠方，才有繼續安心爬山的氛圍。

小村叫炮子崙，地方文獻有一說，因為昔時山上栽種了不少柚子樹，故而名之。我在此行山多年，卻以為是常見的白匏子集聚繁多，才興此意。

小村人家多集中在一開闊的台地，十來間一條龍、手把式和三合院古厝散落著。唯有幾間新興的公寓集聚於產業道路一隅，提醒我離街鎮不遠。深坑老街更在山下景美溪畔，車程不過一刻。若是昔時挑茶的人下山，快腳一點的，大概一小時便可抵達。

以前上抵村子，主要循溪澗邊一條狹小的石階山道，登山口有一嵌入石壁的有應公小祠。十多年前，初次上山，即由此拾級而上。從隱密的茶園中乍見小村時，驚為某一失落的早年農家聚落。此後便莫名地常來此，或以台地為起點，朝後方的七八條山路健行。

小村台地後的隱密森林，如是漫遊了一個年代。心頭最常掛念的，應該是全村最偏遠的一間農舍，百年前即落腳於山腹裡的草厝。每回久未走訪，心頭總興一陣掛念，彷彿多年未曾回到自己的老家。

夏初時有一天，這等不安的心情又浮昇了，不由分說就決定去那兒探望。一大早約集友人，在大榕樹下碰頭時，草厝的清裕婆剛好從街鎮趕到。遠遠地，就聽她興奮地朝我揮手，「劉先生，好久未見！」

未料到，登山口就碰面，我也彷彿遇見故人般親切，快步迎了過去。本想說，既然遇著了，許久未閒聊，那麼就一起同行吧。怎知幾位山友仍在整裝，清裕婆便先拎著包袱，拄著拐杖上山了。

看著她一拐一撇地走上去，突然有些心酸。十年前初次邂逅，她仍勇健，身上大包小包，扛得比一般行山人還多。沒消一刻，臉不紅氣不喘，迅速超越我們這批年齡不過四十初頭的人，害我們好生汗顏。

這個年代，清裕婆每天大清早，都會從大榕樹下出發，穿過村舍，穿過村舍後的原始森林。走約一小時的山路，回到山腹裡的老家。老家目前仍有三位年逾七十的林姓兄弟，世居那兒，植茶種稻為生。他們是佃農，從祖先來此承租、拓墾，已經延續三四代。清裕婆是老二的太太。

三兄弟的房子是間砂岩為基座的手把式草

我和清裕婆唯一的合照。（2009）

厝，屋齡合該有近百年的歷史。草厝周遭則盡是茶園和梯田。對他們而言，台地就是世界的中心。他們靠著這幾甲的梯田和茶園，在此過著與城市近乎隔絕的隱匿生活。除非生病，甚少下山。幾乎都靠著清裕婆，每天上山來煮飯，或是從深坑採買需要的日常用品。

三兄弟最常下山的年代是日治時期，就讀小學時。每天早上五點多灰濛濛時起床，趕到深坑國小讀書。下午放學了，其他小朋友留在學校掃地，他們已經提前離校，趕著回山上。小學畢業後，他們的工作跟父母一樣，每天都得面對周遭的森林和田園。山上總有忙不完的農事，幾無清閒的日子。

早些年，他們還養了一隻水牛幫忙耕田。十多年前，水牛過世後，才改用耕耘機。以前，他們在草厝旁邊，還搭蓋一間砂岩小厝，養了兩隻豬。養肥後，艱辛地扛到山下賣。但一核算飼養和扛運的成本，甚不划算，再加上清裕婆茹素，日後遂不再養豬，改為閒置農具的倉庫。

山友整裝好後，眼看追不及清裕婆了，我遂改問山友，今天打算走哪條山路去草厝？

從台地通到草厝，最重要的一條山路，如今被稱為「茶山古道」，日治時代的《台灣堡圖》（1904）和《台灣地形圖》（1921），都清楚地繪製在等高線圖上，告知了它的古道身分。

但這回大家想換個路線，決定繞左邊的另一條。草厝的地址是炮子崙三號，以它為圓心，周遭的林徑古道密如蛛網，至少有六七條山路可安抵。這等八達四通又緊鄰台北市區，自然原始又隱密林間，在盆地郊山著實不多見了。

其實若不上山，光是走逛炮子崙的小聚落都很有得瞧。每回外地的友人來訪，我都捨貓空，以此村為樣板，導覽台北盆地文山包種茶區的農家生活。

大榕樹旁有兩戶完好的三合院，左鄰高家，右舍蔡家。二家主人都熟稔，見著了總要寒暄幾句。連他們家幾隻黑狗的脾氣如何，心裡亦有分寸。還有他們不時更替物種的菜畦和圍籬，更愛駐足賞析。

另一傍山的農宅，隱密而雅淨的吳家老厝，每次也都會彎繞造訪。這間雀榕樹下的手把式老厝，屋樑上常年有蝙蝠蟄居。房間裡還有百年

炮子崙蔡家三合院最為整齊開闊。

歷史的檀木老床，從日治時期即擺放於此。正廳則有兩根如古文明遺留的巨大砂岩石柱，撐起屋頂的橫樑，莊嚴地告知著此地早年生活的講究。

這些老厝平時都不上鎖。那種經常開放，主人不在家的生活風景，更隱然流露出此地村民的良善和質樸。

那天我們刻意繞遠路，主要是去探看另一邊山頭新搭蓋的別墅，很擔心這間新厝壞了周遭的地理風水，以及過去的山路。

這兒每段山路的林相和拓墾的荒地，隨行山友都各有熟稔的經驗。我們總是走得緩慢，逐一閒聊每個地段，才不致漏失風景。

比如，有一塊荒蕪的菜畦，竟出現了蕎麥的景觀。一片人造的烏心石林子，十年後蔚然成林。五年前還在摘採的蓮霧林，晚近荒廢了。這一類曠時費日枝節細瑣的村落小事，我們都偏執地認真閒扯，彷彿某些村子的老人，整日坐在廟口誑談世事般。這時我們眼中的世界就只有這山的種種，小鼻狹眼地拘泥在此一空間的人情事故。

我們還有一習慣，接近草厝時，先繞進森林裡的梯田去探望。

梯田約有一個足球場寬敞，可清楚遠眺101大樓的每一片玻璃帷幕。這裡是三個兄弟生活世界的重心之一。有一回，我放大一張梯田的照片，讓他們細瞧。老二還高興地告訴我，哪個區塊叫什麼名字，哪裡曾住有一條錦蛇之類的。梯田像他們手掌上的紋路般熟悉。

十多年前冬末，初次邂逅三兄弟時，他們正在梯田旁，忙著用細竹架搭蓋育苗房。他們的秧苗都是自己栽培，並非像我們在平地所接觸，幾乎來自統一的秧苗園。

三兄弟的農作時光：在梯田搭蓋育苗房（上，1999.1），
在茅草屋後的茶園摘茶（下，2005.8）。

走過這片梯田最深刻的一回，約莫在上個世紀末，最後一年的秋天。梯田處於休耕的狀態，但二期稻仍自發性生長，碧綠的稻草稈依舊抽芽，結出不少飽滿的稻穗，盈盈地低垂下來。

只是此期稻子因無人照顧，田裡遂有諸多野草隨興蔓生，什麼鴨舌草、眼子菜之類的都偎集成叢，山腳邊的溪泉亦胡亂竄溢，浸毀了不少田埂的路段。

我走過時，蚱蜢和蛙類不斷驚跳，遁入草叢，或者混攪一池淺水的泥沙。各種灰暗色澤的蝌蚪，以及大大小小的水蠆更是慌得四處游走。仔細檢視，田裡竄逃的，甚而有泥鰍和鱔魚。

初時看到這麼多樣的生物，仰賴水田休耕的環境棲息，我相當感動。原本以為，這輩子再難看到這等生物繁多的水田了。小時遇見這些動物的美好經驗，這時全被召喚回來。

等知道三兄弟耕作的生活觀，我更是欣然動容。

原來此地梯田開闊，種一期稻子的收穫量，便足以不虞生活。第二期乾脆休耕，讓土地復甦。這個退讓，讓夏天之後的梯田有了重新滋長休息的機會。許多習慣遊走於森林邊緣的小動物，更意外地擁有了廣闊的棲息樂園。

昔時帶外地友人來此旅行，我亦不斷地向人誇耀，此地栽種水稻的生態哲學。除了這塊梯田，草厝前還有一塊平坦的開闊地，也有塊面積相似的水稻區，依賴著同一出處的水源灌溉。

後來和清裕婆熟了，某次閒聊時才進一步得知，六七年前，雪山隧道開鑿後，遠在十來公里之外，這兒的水源亦大

林家梯田約莫足球場大，每個季節各有風光。

受影響。現在的水量，只能提供第一期稻作的成長。夏天以後，因灌溉的水量不足，不休耕也不行了。

雪山隧道開鑿對此地水源的影響，我曾感慨地抒發為文，卻引來國道公路專家的反彈。一紙政府單位的行文裡嚴謹地質疑，炮子崙離坪林不及二十公里，怎麼可能會受到牽動？

後來上山時，我把這等情形告知清裕婆。她搖頭嘆息道，「你想看看，你的手掌會麻，復健的時候，主要治療哪裡？」

「頸椎啊！」我前些時剛好有此毛病，她因而刻意問及。

「你都如此了，那山會不會也有這樣的情況呢？地下的水像人的神經血管到處跑，我們怎麼知道它們跑去哪裡？」

老太太說得甚是，對雪山隧道的開通，日後是否影響各地水源，我繼續充滿疑慮。

這次繞過梯田，第二期繼續休耕。只是很意外，水稻羸弱而飢黃，並未像過去繼續蔓發，連野草都沒恣意叢生。這是怎麼回事呢？

眾人停下來觀望，發現山腳的野薑花似乎也是一片死寂的綠。往昔時節到了，薑花總是潔白綻放，在陰涼的林緣，散發濃郁的香氣。這回靠近，卻都是乾熱、浮躁之味。花苞殊少，或未盛開即凋萎枯黃。我更注意到，平時山溪總有淙淙水流的美好聲響，如今也清寂了。

山溪消失了！沒想到梯田這兒竟然斷水，我大為駭異。試著踩踏薑叢裡邊的凹陷區域，雙腳踩得好深，才見溪水緩緩溢流，像人體打針後，一滴滴血漬從小小的傷口勉強滲出。我心裡暗叫不妙。

後來又繞回茶山古道，行抵草厝前形形色色的菜畦。

再往前，就要穿過一片陰森溼濡的林子，接著就是草厝坐落的台地了。這片林子有一條山溪蜿蜒出來。從林家祖先拓墾以來不曾斷水。那也是眾多山行者或是清裕婆來去古道，中途勢必停歇，淨手洗臉的地方。三兄弟知道這兒水源充裕，特別把一畦畦的菜園闢在路旁，方便汲水澆灌，或者養育土壤。

有一回，我邀紐約來的鳥友柯德席來此巡山。一路上我大讚此地的美好，地下水源的珍貴。走到此地休歇時，只見小溪上鋪了三株筆筒樹樹幹，當作橋樑。我還特別跟他稱讚林家兄弟，「你看，連小小的橋樑都懂得利用森林的資源，搭得如此精緻。」

驀然間，柯德席跟我說，「我現在要做一件事情，要請你原諒我。」他這一說，讓我好生緊張，急忙答道，「發生了什麼事？」「喔，我想請你原諒我，必須脫下帽子在此洗臉。」

我聽了不免覺得好笑，怎麼連洗個臉也需要我允許，這裡又不是我家，只是森林而已，他未免也太客氣了。於是半開玩笑地回答，「這有什麼好原諒的，溪水是森林的，每個人來此都會洗臉，它不會分老外和本地人，你就盡量使用吧！」

柯德席還是一臉嚴肅地跟我說，「我的臉塗了防曬油。我若洗臉，油漬一定會跟著溪水流到下面的村子裡，所以你一定要原諒我。」

他的說詞讓我震懾不已，沒想到聽了我一路對此地的誇讚，那種感情讓他認定了，這是我的家園。我是這麼熱愛這塊森林，顯然他覺得自

三兄弟在茅草屋捻茶。（2009.8）

己接下來的舉措，可能會不尊重我，所以特別尋求我的諒解。

我走到山溪前，想到六七年前帶他來此的情景，不禁莞爾一笑。怎知，眼前卻出現了我最害怕看見的場景，山溪消失了。比梯田那邊還嚴重，百年來從未間斷的小溪，終於水勢衰竭，消失了。

我愣在乾涸的溪邊，再度想起清裕婆跟我聊到雪山隧道的影響，但也想到了地球暖化的可能。先前雪山隧道的影響導致第二期休耕，沒想到情況持續惡化，將來第一期都可能無法耕作。屆時，若連生活用水都出問題，我看他們只有搬遷下山一途了。

我憂心怔忡地抵達草厝，三兄弟蹲著身子，在灰暗的正房公廳忙著捻茶。屋內沒有點燈，幽微的陽光斜射進來，他們習慣藉此光線，如同每一代的祖先，蹲在此公廳前，不吭聲地摩挲著茶葉。

十多年前初來，三位老兄弟還能跟我談話，不論漫談農事或閒扯山裡的藥草，我總是受益匪淺。他們是我在此山區的自然老師，許多物種的知識，都是透過他們的經驗而得以學習。如今三個人都年紀老邁，體力雖猶健壯，聽力卻大不如前。

清裕婆不在，我猜想應在後面的茶倉忙碌吧！跟他們打完招呼，退出大門後，站在草厝前的院埕觀望。每回來，都會在此駐足一陣，端望草厝的形容。

健行北台灣山區多年，此間大概是碩果僅存的傳統草厝了。它的建料都是就地取材，先以敲打好的長條砂岩穩固地壓底，上半部再堆砌泥土、稻草和稻殼拌和的土角磚，築成家屋的大半牆面。屋頂上頭再鋪蓋厚密的茅草，交疊成頂，古樸而奇美地佇立在台地。

砂岩和土角磚在台北盆地東南山區，及至平溪雙溪一帶，大抵都是家屋的建材和內涵。但這些老式房厝，晚近見到的，屋頂多已無茅草鋪蓋，省錢的多半覆以黝黑的油毛氈，紅色或黑色的鐵皮屋瓦。也或仍有有心者，繼續偏好磚瓦，但堅持草厝屋頂著，著實罕見。

在台灣鄉鎮，許多地方的民俗文物館，展場內外都有搭建草厝。仔細探看，多半是用芒草和稻草稈，草率編織修葺。這兩種常見植物都有一致命的缺點，容易敗壞。多數僅能維持一年。在潮溼多雨的深坑山區，並不適合做為屋頂的材料。林家草厝使用的可非這類植物，而是乾旱荒地或河床砂地較易生長的白茅。一般解清熱飲用的茅根水，就是用這種野草之根熬煮。

白茅枯乾後，質地比諸他種仍較為柔軟、細密，多半能維持三四年。鋪蓋得好，雨水很難滲透。唯山區的環境，白茅並不易獲得。他們必須另闢田地種植，秋末草長了才收割，逐次堆放在空地上，準備四年一回的屋頂修補。

一些梯田和茶園旁邊的畸零地，我們遂看到了好幾個小區塊的茅草田出現。為了多一點收穫，他們甚而必須犧牲部分茶園和菜畦的栽種。

四年一到，約莫年底時，乃草厝準備翻修之日。等天氣放晴，林家兄弟會爬上屋頂逐一修補，幫房子換新帽。如今三個人都一把歲數，爬不上去了。我探問清裕婆，「現在三兄弟腰背都不若以往，爬不上去了，怎麼辦？」

清裕婆笑著安慰我，「放心，冬天天氣晴朗時，我們都會打電話叫村子裡的年輕人上山來幫忙，一區一區地將屋頂重新修補。」

我苦笑道，「妳也不要開玩笑了，炮子崙哪來的年輕人？」

「有啊，蔡金來他們就是了啊。」

原來她所謂的年輕人，其實都是像我這樣四五十開外的人了。修補草厝既費時又耗工，無疑也是一門傳統絕活。山下的人或可藉此機會，學習幾乎要消失的草厝技藝。但他們有如此閒暇嗎？

四年前，我見過他們更換新的茅草，如今屋頂上的茅草再次長了油綠的青苔，看來又得更換了。不知山下年過半百的「年輕人」，現在技術如何了？

上一回目睹草厝的新貌，其實有些失望。他們像剛學會理髮的新手，把客人的頭髮修剪得零零落落。嶄新的茅草，參差不齊地蓋在草厝上，遠不若早年的美觀精緻。看來這門課很需要專門的常態訓練。這樣久久才幫上一回，恐怕難以傳承嫻熟的技術。

林家三老的孩子們，現今都搬到山下定居。下一代原想一勞永逸，鋪蓋一層鐵皮屋，或者鋪上磚瓦。所幸三兄弟仍堅持維持傳統的家屋。更未料到，它竟意外地變成某種土地信念的招牌。很多登山人上來，看到樸實的草厝，還有在此喝到回甘潤喉的好茶，對林家的好客和奉茶精神都備感窩心，常會回來探望，或者購買茶葉。

走訪北台灣多年，沒想到，此一接近大都會的山區，還能保存這麼一座完整的茅草古厝，安逸地隱身在蓊鬱森林和梯田環繞的台地上。其實，它的價值意義，絕不輸山下深坑老街永安居之類的一級古厝。當初看到這座草厝時，我即激動得難以言語。

每次來我都會關心草厝的情形，有時清裕婆一看到，也常不等我開口就報告近況了。比如有一回，我才走進茶倉，她即嚷道，「最近鄉公所的人上山來，看到草厝非常歡喜。」

鄉公所在山腳的炮子崙曾施土興工，整修步道，還蓋了涼亭，儼然要把此地當成觀光景點。我聽到她又提及鄉公所，著急地問道，「有補助草厝的修繕嗎？」

清裕婆苦笑地搖頭。原來那一回，一位甚少上山的鄉公所要員來此爬山，看到草厝後，驚訝得說不出話。他怎麼都不敢置信，自己的鄉里竟還有此等老厝殘存，回去後馬上熱心地撥了一筆款項。

初時，清裕婆還以為是要鼓勵，或者協助他們維護草厝。豈知，這筆錢竟是用來幫他們修建廁所。

鄉公所要員以為，大家來此登山喝茶觀賞草厝，總不能仍使用茅坑如廁。於是，茶倉旁遂興建了兩間備有抽水馬桶的嶄新廁所，成為此地最現代化卻也最突兀的設備。

布滿青苔是林家草厝最美的時刻，卻也是換新妝的時候。（2000冬）

說到此，我聽了又氣又好笑。看來草厝的維護還是得靠他們自己了。修好草厝只是他們這一代承傳祖先的責任，以及維繫山上農家生活信仰的堅持，跟未來跟政府是沒有交集的。我不樂觀地忖度，在這個跟時間賽跑的比賽裡，三兄弟將會是輸家。或者，我們也會是輸家。

多方觀察後，私底下我也一直有個小小的期盼，很希望林家下一代回來，繼續秉持山上植茶耕稻的傳統，讓這百年歷史的草厝，繼續佇立在這個世紀，佇立在濃密森林的山腹間。

豬寮是砂岩砌成，不養豬放雜物。

白茅平時即得慢慢累積。

我甚而期望草厝的堅持存在，能夠影響到下方的炮子崙村落。以前，我還跟山下炮子崙十一號的蔡金來商討過。早些年，這個小社區的改造，他都積極參與。十年前，他們家的護龍也是草厝。

一聊及草厝，他也希望有朝一日，炮子崙的房舍多能恢復鋪蓋茅草的樣式，變成此區的特色，展現古老傳統茶區的美好，藉此推廣此地優良的文山包種茶。但這一天會到來嗎？

看完草厝，山友們陸續轉向後面的茶倉。

清裕婆看到我，大老遠再喊道，「哎唉！我走到半途，在岔路那兒休息，想要等你們上來，再一起走。結果始終未等到，你們怎麼走得這麼慢啊！」

清裕婆大呼小叫，那輕微抱怨的口氣，早已不把我當外人。說的也是，好不容易一起上山，豈止她，我也想有更多時間聚在一起。原本陌生的人，毫無瓜葛的土地，竟然有此因緣，人生哪來這麼多的福氣呢。此一美好的情分和友誼，我自是點滴在心。

我們繼續像過去一樣走進茶倉，好像回到自家客廳一樣。

「怎麼這回房子周遭的雜草清理得比較乾淨？」我困惑地問道。

「老三最近又被龜殼花咬到，乾脆把草清除，蛇比較不會出沒。」

「去年，他不是才被咬到嗎？」

「是啊！不過，這回還好，很輕的一口，不用下山住院。」

「老三被咬過幾回了？」

「不多，從小到現在才十來回，多半是在房子旁邊咬到最多。」

「天啊！」眾人聽得面面相覷，相信心裡都有這樣的驚呼。我再追問，「另外二位兄長呢？」

「他們還好，都只有五六次而已。」

眾人一聽，又一陣心驚，不免環顧四望，眼光瞅向周遭。

「今天要留下吃中餐嗎？」清裕婆順口又邀約我們。

紐約來的友人柯德席（右一）在林家草厝接受傳統農家風味的午餐招待。

山友中午都有事，都得趕下山，我一個人不好留下，只好婉拒了。其實，我已經在此用過兩回午餐。

有一回，我帶柯德席前來，他們熱情地邀請。這位老外很驚奇，自己居然能在山上的古老農家，吃到老人家醃漬的食物和栽種的稻米。返回美國後，提到此回台灣之旅，喃唸不忘的就是山行時的這道午宴。

茶倉裡有一隊登山隊伍，泡茶歇憩了好一陣，正準備離開。另外，又有一隊舉家大小從猴山岳下來，倉房裡頓時熱鬧紛紜。這兒像個驛站，總有熟識和陌生的山友不時來去。茶壺不停地煮沸，山泉不斷地汲進。不論熟識陌生，清裕婆皆熱心地招待大家喝茶聊天。有些常來的，在此買茶後，往往就寄放著。有空上來時，折個彎進屋打尖，擷取這兒的山泉，悠然飲用。

林家世居此地，但接下來的孩子們，會不會承傳三兄弟的水稻茶園呢？關於這點，老太太是聽天由命，我反而比較憂心。例假日時，幾位常上山的下一代，我大抵知道，在山下都有餐廳事業經營，尚看不出回山耕作的打算。

茶過三巡，我探問她，「阿婆，你的腳最近如何，干無恰好嘸？」她開朗地笑了，「多謝你關心，但是老了，將來可能連山路都沒法走了。」

我又關心地問道，「山溪的水都沒了，你們都用哪裡的水？」

提到這，清裕婆可就嘆息了，面對這一個困境也不知如何是好。還好他們在茶園上方，備有大型的貯水桶。有些山壁的源頭仍會滲出泉水，足以飲用。但明年的水稻呢，還有足夠的水可以灌溉嗎？會不會，再過幾年，連山壁都無法滲出？

每回抱持著愉悅的心情上山，下山卻常懷著一絲不安。一會兒擔心這或掛心那，有時我真討厭自己這般操煩。原本都說不想了，也不再去了，怎知一二個月過去，又興起探望的想念。

小時我在農家出生，年長時回鄉下，水田已然變遷，土角厝的村落也消失了。我來到台北落腳，有幸在不遠的郊區，邂逅了此一小村和草厝，悄然把這裡當做自己的家園，我的家山。

只是這次上山，環境變化得更加明顯。老人家的身體卻愈來愈差，他們還有多少時日可以耕作呢？此外，原來的地主態度如何，願意繼續讓林家繼續植茶維生嗎？這些問題顯然跟水資源的問題一樣，我總以為迫在眉睫。

但清裕婆的樂天知命，似乎又掩蓋一切，她總嫌我太操心，總是笑呵呵地安慰，「船走到橋頭自然直。」

「但是，還是得跟後一代談一下想法吧！」我仍一貫憂心地說。

清裕婆繼續專心地為我倒茶水，「啊，免煩惱啦，後一代伊們要做什麼，伊們自己決定，咱們做給自己，歡喜就好……」

林家兄弟一輩子勤於農事。

後記

過去出書向來自得其樂，常以一己之力完成書寫，兼及繪圖和攝影的癖好。整理本書時，因為題材和角度迥異以往，文章校訂和圖片蒐集的過程特別感受到辛苦和壓力。好些人物和其背後的故事，常拉出細瑣而綿長的生命插曲，更讓我心力交疲。還有一些文章發表後，又因浮昇意外的情節，或文獻資料的增添翻新，或自然科學的新近佐證，顛覆了過往的推敲，我只得重新檢視，大幅修潤，甚而挫折地否定之前的觀點。整個過程彷彿在追探，發掘一顆顆星球的誕生。未幾又因衍生新的可能，不得不推翻自己的命名，重新盱衡其質量和光度。而這也是我必須在此交代，並向先前接觸過諸多文章的讀者，深深致歉的。

這個繁複的爬梳過程裡，尤其要感謝江秀真、姜博仁、吳永華、沈振中、陳秀娘、陳添財、張致遠、黃義雄、黃福森、楊南郡、謝春德、簡天賞、賴麒泰、邱春火、何華仁等諸位女士和先生，慨然提供照片之使用，或協助我增添見識，擴充本書的豐富性。內人費心編輯和修潤，更是此書的重要推手。若以個己之力量，恐無法將作品完美呈現。此外，美術編輯孟達的巧思設計，遠流出版公司文娟、麗玲、佳美的寬容與協助，還有諸多期待和關心此書結集出版的人士，在此亦一併感謝。

國家圖書館出版品預行編目資料

十五顆小行星 —— 探險、漂泊與自然的相遇
劉克襄著.
-- 二版. -- 台北市
遠流，2019.09
面； 公分.--（綠蠹魚：YLK100）
ISBN 978-957-32-8626-4（平裝）
863.55 108012914

綠蠹魚叢書YLK100

十五顆小行星

探險、漂泊與自然的相遇

作者 劉克襄
繪圖&攝影 劉克襄
出版四部總監 曾文娟
特約專案主編 朱惠菁
副主編 李麗玲
企劃 陳佳美
封面暨內頁設計 江孟達工作室

發行人／王榮文
出版發行／遠流出版事業股份有限公司
地址／台北市100南昌路2段81號6樓
電話／2392-6899 傳真／2392-6658
郵撥／0189456-1
著作權顧問／蕭雄淋律師
輸出印刷／中原造像股份有限公司
2010年6月 1 日 初版一刷
2020年9月 5 日 二版二刷
售價新台幣380元（缺頁或破損的書，請寄回更換）

ISBN 978-957-32-8626-4

遠流博識網 http://www.ylib.com E-mail ylib@ylib.com